KB090972

쓰는 재미

LET'S WRITE SERIES 1

김소현 지음

내 손글씨가 예뻐지는 재미난 연습장

tsukushi

STEP2 첫 셀프체크에서 내 글씨가 ...

혹시나 아직도 바뀐게 없는 것 같다면 WorkBook (My HandwritingNote) 에서
다시 확인하며 조금 더 연습하고 리뷰를 줄다.
그 스텝들을 차근차근 적용하며 적어보면 분명 어제보다, 첫 장보다. 글씨가 ...
맘에 들게 다듬어져 가는 것을 느껴볼 수 있을 거예요 (한달, 두달 그 중에 해보고 ...)

어느정도 글씨가 정돈되었다면, (따라가진 어떤 글씨든 깔끔 예뻐 보일 수 있는 ...)
다음 스텝은 조금 더 욕심 내볼 단계.
내 글씨도 뭔가 멋스러웠으면, '캘리그라피' 스러웠으면..
이라고 느끼시는 분이라면 Step2에서도 눈물!
이번에도 마찬가지로 몇가지 팁을 셀프체크 + 습관 개이면 금방 나만의 글씨 만들기가 가능.
세부사항 다듬을 그렇지만, 생각상 정말 좋은 건 흐름으로 진도 해보고 넘어요!
(우선만 해보고)
한 번만 더 차근차근 — 가져가 봅시다.

(예제)

모든 글자 100% 바꿔야 하나? / 남의 글씨 따라 하면 되지 않나?
= 남의 글씨 내 것으로 흡수해 버려야지..
물론 이것도 하나의 방법이지만, 자체 따라하는게 제일 어려움.

★ 내 글씨에서 조금만 바꿔도 '새것'을 가질 수 있다!
· 변화 생각해야 할 요소 →
· 특히 ㄹ, ㅆ, ㅃ, ㅍ, ㅎ, ㅎ, 획 많은 것 느려 보자.

그라피 + 당신은 꽃이에요]3

모두 적용해서
변화 주어서 보여주기

혹은 선명한 제3의 여자 글씨 (가능하다) 나에게 입장 ...

Step3에서는 감정 & 읽기 쉽게 배려 담기.

syo-ro
iroshizuku
50ml
PRODUCED BY PILOT

leonardo

PROLOGUE

항상 필통에는 펜이 가득, 그날의 교과서만큼이나 좋아하는 '펜' 챙기는 것이 중요했던 학창 시절. 반에서 글씨체가 유난히 예쁜 친구의 필기노트를 발견하면 며칠씩 노트를 빌려 그 글씨를 열심히 따라 썼던 그 시절의 나.

대학생, 직장인을 거쳐 나만의 브랜드를 운영하게 된 지금도 새로운 목표와 매일의 영감, 생각을 담는 두꺼운 일기장을 늘 곁에 두고 채워나가고 있다. 일과를 마친 어느 조용한 밤에는 일기장에 글씨를 쓰면서 '펜 하나로도 이렇게 행복할 수가 있나?' 하며 바보같이 좋아하기도 한다. 여전히.

그뿐일까? 매일 생겨나는 그날의 추억 또는 배운 것을 어디엔가 기록해두지 않으면 꼭 해야 할 일을 안 한 것처럼 찜찜한 기분이 가득해 편히 잠들 수가 없었다. 스마트폰이 그 역할을 충분히 잘 해줄 수 있게 되었을 때도 말이다. 그렇게 기록해나가다 보니 어느새 셀 수 없을 정도로 많아진 일기장, 스케줄러, 독서노트들……. 내 인생 조각조각들을 담은 이 손글씨 기록장들은 이젠 돈 주고도 살 수 없는 소중한 자산이 되었다.

20년이 넘도록 '나'를 기록하며 즐겨왔던 이 매력 넘치는 '손글씨'. 이제는 함께 그 즐거움을 나누고 싶어 회사와 개인 고객들을 위한 대필뿐 아니라 딥펜으로 배우는 손글씨 클래스 '렛츠롸잇'를 진행하고 있다. 나아가 직접 수업을 통해 손글씨 팁을 전해드리기 어려운 분들을 위해, 혼자서도 쉽게 손글씨를 교정해갈 수 있는 '사소하지만 큰' 팁들을 지면에 담아 전하고자 이 책을 내게 되었다.

나만의 감성, 마음속 이야기를 마음껏 글로 새기고픈 이들에게, 취미이자 업이 되어버린 나의 손글씨 작업과 글들이 '쓰는 재미'와 위로를 안겨드렸으면 한다. 마음의 쉼이 필요할 때 언제든 편하게 펼쳐볼 수 있는 책. 그렇게 몇 번씩 펼쳐보다 자연스럽게 쓰는 재미를 알아가길, 아름다운 옷만큼이나 나를 멋지게 표현해줄 나만의 글씨를 찾아가길 바라본다.

2015년 8월

김소현(Sophie Kim)

차례

'당신은 꽃이에요.'

회사 생활에 지쳐 터벅터벅 걸어가던 어느 날,

유난히 그날따라 더 외롭고 삭막해 보이던 길에서

우연히 발견하고 큰 위로와 감동을 주었던 문구

'당신은 꽃이에요.'

그 감동의 여운은 오래도록 사라지지 않았고

내 브랜드의 모토가 되었다.

'당신, 여전히 참 소중하다'

라고 느끼게 해주는 그런 감동을 전하고 싶다.

꽃을 통해, 그리고 직접 써 내려간 정성 담긴 글을 통해.

PART

1.

손글씨가
오랜만인
당신을 위해

Ready Go!

소피의 펜 이야기

Sophie's pencil case

오랫동안 글씨를 쓰면 쓸수록 남들이 좋다고 하는 도구나 비싼 도구를 굳이 고집하지 않는 편이다. 부담 없이, 손쉽게 구할 수 있는 도구로도 충분히 쓰는 재미와 맛을 느낄 수 있으니 말이다. 누가 뭐라고 하든, 어떤 도구든 글씨가 예쁘게 써지면, 편하게 쓸 수 있으면 된다. 그러니 부담 없이 쓰기 시작하자. 가장 중요한 점은 어떤 도구든 일단 손에 잡고 쓰는 것이다.

전에는 그럴싸한 필기도구들이 1부터 10까지 준비되어야 제대로 된 캘리그라피를 시작할 수 있다고 생각했다. 그렇게 잘 쓰지도 않을 도구들을 잔뜩 사 놓고 쟁여놓아야 마음이 편했다. 그러나 시간이 지나 본격적으로 다양한 작업을 하게 되면서 나의 펜 케이스는 알짜배기 도구들로만 채워졌고 무게도 한결 가벼워졌다.

이 책에는 그렇게 추려져 오래오래 내 곁에 남아 있는 도구들, 그리고 가장 좋아하고 즐겨 쓰는 딥펜으로 쓴 글씨들을 담았다. 펜촉 끝과 종이가 만나 내는 특유의 사각임과 좋은 필감이 있는 딥펜이야말로 진정 제대로 글씨 쓰는 맛이라는 생각이 든다. 그래서 개인적으로는 직접 잉크를 찍어 쓰는 딥펜과 너무 두껍지 않은 0.28~0.3의 얇은 중성펜을 선호한다.

그렇지만 남들이 모두 좋다고 해도 자신에게는 베스트가 아닐 수 있으므로 여러 도구들을 테스트해 보면서 나와 궁합이 딱 맞는 친구를 찾는 것이 중요하다. 가끔은 남들이 잘 모르는, 많이 쓰지 않는 도구 중에서 'WOW!' 하고 환호하게 되는 도구를 발견했을 때, 그 쾌감과 뿌듯함도 빼놓을 수 없는 손글씨의 재미다. 실제로, 언제든 부담 없이 재구매할 수 있는 가격대와 딱 만족스러운 필감을 갖춘 펜이 최고의 펜이다. 여기서는 그런 조건을 두루 갖춘 아이들을 소개하고자 한다.

쉽게 구할 수 있고

비싸지 않고

무엇보다 '잘 써지는'

나의 Best 도구들

미츠비시-유니볼 시그노
(Mitsubishi-Uniball Signo)

로트링 아트펜
(Rotring Artpen)

딥펜
(Dip Pen)

모나미-플러스펜S
(Monami-Plus Pen S)

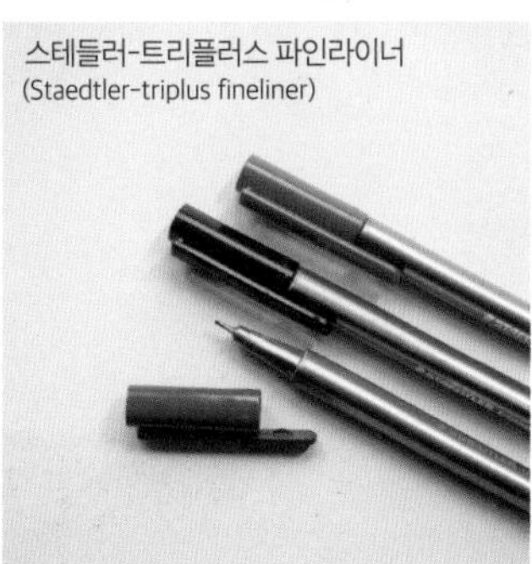

스테들러-트리플러스 파인라이너
(Staedtler-triplus fineliner)

FRANCESCO RUBINATO

클래식한 멋스러움, 딥펜

내 손글씨 작업에서 빼놓을 수 없는 도구 딥펜. 펜촉(Nib)에 잉크를 직접 찍고 흘려 쓰는 클래식하고 우아한 느낌에 푹 빠져 가장 애용하는 펜이 되었다. 사실 현대에는 대중적으로 사용되는 필기구가 아니기 때문에 딥펜으로 손글씨 작업을 하려면 꾸준한 연습과 노하우가 필요하다. Sophie의 스튜디오에서도 색다른 취미를 원하는 분들을 위해 딥펜 클래스를 운영 중이며, 이 책에서도 딥펜으로 작업한 손글씨 작품들을 다양하게 만나보실 수 있다.

알면 알수록 매력적인 딥펜을 두고 한 수강생은 '질리지 않는 장난감' 같다고 이야기한 적이 있다. 그만큼 딥펜은 다양한 종류의 잉크와 펜촉, 종이에 따라 무궁무진한 느낌을 표현할 수 있다. 뿐만 아니라 글씨를 써나가는 동안 어마어마한 몰입을 필요로 하기에 숨 가쁘게 흘러가는 현대사회에서 여유롭고 차분한 취미를 원하는 분들에게 딥펜은 새로운 친구가 되어줄 것이다.

딥펜과
캘리그라피

과거 동양에 문방사우라는 필기구가 있었다면, 서양에서는 잉크를 묻혀 사용하는 딥펜이 있었다. 그러나 최근에는 한글 캘리그라피의 도구로도 유행처럼 번지면서 상업적 활용뿐 아니라 취미 생활로도 활용 범위가 넓어지고 있다.

딥펜은 한 글자, 한 글자 잉크를 찍어가며 써야 하는 도구인 만큼 숨 쉴 여유조차 없었던 일상을 잠시 내려놓고 오롯이 자신만의 시간을 즐길 수 있다. 또한 쓰는 행위 자체의 즐거움을 느끼기에 더할 나위 없을 것이다.

브랜드

캘리그라피와 레터링에 가장 많이 사용되는 대표적인 딥펜 브랜드를 소개한다. 다양한 연성과 너비를 가진 수많은 펜촉이 있기 때문에 오프라인 숍에서 시필해보거나 사용자들의 후기를 꼼꼼히 확인한 후 선택하는 것이 좋다.

딥펜: 니코(Nikko)/브라우즈(Brause)
/스피드볼(Speedball)/미첼(Mitchell) 등

잉크: 윈저앤뉴튼(Winsor&Newton)/제이허빈(J.Herbin)
/라미(Lamy)/이로시주쿠(Iroshizuku) 등

딥펜의 기본 사용법

펜대의 동그란 홈에 펜촉을 흔들리지 않도록 끼워 고정시킨다. 힘을 주어 펜촉을 끝까지 밀어 넣지 않으면 잉크를 찍거나 글씨를 쓸 때 펜촉이 빠질 수 있으니 주의한다.

글씨를 쓰다 보면 펜촉의 방향이 자꾸 바뀌는 경우가 있다. 펜촉의 윗면은 항상 하늘을 보도록 해야 부드럽게 글씨를 써나갈 수 있고 펜촉이 고장 나는 것을 막을 수 있다. 또한 펜대 끝에서 1~2cm 정도 윗부분을 잡는 것이 안정적이다.

펜촉 전체에 잉크가 많이 묻으면 잉크를 조절하기가 어려워진다. 펜촉의 2/3 정도를 잉크에 담가주는 것이 적당하다. 글씨를 쓸 때는 펜촉 끝에 잉크 방울이 맺히지 않은 상태에서 쓰도록 한다.

Sophie's TIP!

처음 딥펜을 사용하는 경우 잉크를 충분히 찍었는데도 종이에 잘 흘러내리지 않거나, 지나치게 흘러내릴 때가 많다. 잉크 양을 조절하는 데 익숙해지려면 시간이 필요하다는 사실을 기억하자. 펜촉을 사용한 후에는 물에 헹구어 물기 없이 보관해야 한다. 펜촉에 녹이 생기거나 잉크가 들러붙어 있으면 잉크가 부드럽게 흘러내리지 못해 선들이 지저분해질 수 있다. 깔끔한 펜촉 관리는 필수!

레저부어

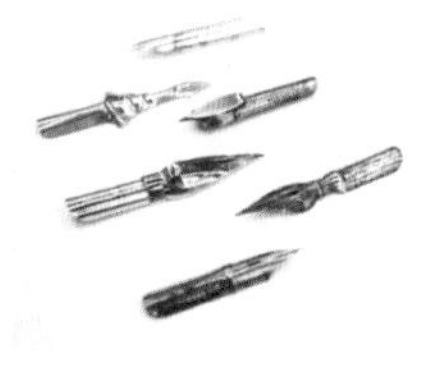

레저부어는 잉크를 저장해주는 역할을 하며 펜촉 윗면에 끼워 사용한다. 레저부어 부착이 가능한 펜촉은 잉크 보유량이 많으므로 딥펜이 아직 익숙지 않은 초보자들이 쓰기에 좋다.

딥펜과 친해지기

딥펜의 가장 큰 특징은 펜촉에 들어가는 힘과 잉크 양에 따라 선의 굵기, 모양, 농도를 자유자재로 조절할 수 있다는 점이다. 아래의 예시를 참고해서 다양한 방향의 직선/곡선을 그려보고 굵기 차이를 주며 선 연습을 하고 나면 글씨를 쓰기가 훨씬 수월해진다.

연습을 거듭할수록 다른 도구가 낼 수 없는 딥펜만의 느낌들을 통해 새로운 글씨체를 만들어나가는 즐거움이 점점 커질 것이다. 여기서 잊지 말아야 할 기본자세는 바로 '차분함'! 조급하지 않은 마음으로 깔끔한 선을 만들어보자.

Sophie's TIP!

도구를 처음 구입한 후에는 서로 익숙해지는 시간이 충분히 필요하다. 특히 평소 쓰던 도구가 아닌 붓펜이나 딥펜 등 특수한 펜을 들었다면 더더욱 그렇다! 끄적끄적 낙서하듯 즐기는 이 시간이 자신에게 가장 편한 필기 각도와 도구의 특징 등을 알아가는 중요한 시간임을 잊지 말자. 이런 연습 단계가 마치 새로운 연인을 만나는 것처럼 설렌다면, 쓰는 재미를 느낄 준비 완료!

종이에 잉크를 조심스레

흘려보내는 딥펜 작업,

조급함은 버리고

차분한 마음가짐으로!

딥펜 효과를 응용한 글쓰기

딥펜과 친해지는 시간을 통해 딥펜이 낼 수 있는 효과를 충분히 연습했다면 이제 그 느낌을 글씨에 적극 적용해보자. 일반 볼펜은 대체로 0.28~1.5 등 선 굵기가 거의 일정할 수밖에 없다. 하지만 딥펜은 연성이 좋은 펜촉이라면(펜촉 종류에 따라 두께, 모양, 연성에 다양한 차이가 있다) 한 종류로도 이 모든 굵기를 표현할 수 있다.

아래에 각각 플러스펜, 딥펜으로 쓴 문장을 보면서 그 차이를 확실히 느껴보자. 잉크를 얼마나 흘리느냐, 어떤 각도로 얼마만큼 힘을 주느냐에 따라 글씨에 무궁무진한 개성을 담아낼 수 있다.

Sophie's TIP!

한 가지 펜촉을 사용하기 시작했다면 웬만큼 손에 익을 때까지, 마음에 드는 글씨체가 완성될 때까지는 도구를 자주 바꾸지 않는 편이 좋다. 자꾸 익숙하지 않은 펜촉을 사용하면 나만의 글씨체를 만드는 시간, 필기 습관을 들이는 시간이 늘어나기 때문이다. 비교적 자신에게 편안한 펜촉을 찾았다면 어느 정도 익숙해질 때까지는 꾸준히 그 친구와 친분을 쌓아주자.

화려하지 않아도 좋아
우리만의 꽃을 피우자

화려하지 않아도 좋아
우리만의 꽃을 피우자

딥펜의 활용 예시

자신에게 맞는 도구를 찾는 것도 중요하지만 그보다는 어떤 도구로든 '일단 써보는 것'이 더 중요하다. 동기부여를 위해 나만의 작품노트나 일기장을 만들어 매일 한 문장씩이라도 쓰고 연습해보자. 쓴 글씨를 SNS에 올리거나 지인에게 선물하는 등 자신의 글씨를 최대한 많이 노출시키는 것도 글씨 연습에 큰 도움이 된다.

나만의 멋진 손글씨를 만들기 위해 꼭 기억해둘 점은 옛 습관을 버려야 한다는 점, 그리고 손이 불편한 것을 즐겨야 한다는 점이다.

캘리그라피 캘리그라피

캘리그라피 캘리그라피

캘리그라피 캘리그라피

괜찮아,
이 또한
지나갈테니

괜찮아,
이 또한
지나갈테니

당신은 꽃이에요

당신은 꽃이에요

당신은 꽃이에요

당신은 꽃이에요

당신은 꽃이에요

삶은
당신이 생각하는
방향으로 스며든다

삶은
당신이
생각하는
방향으로
스며든다

syo-ro
【松露】
iroshizuku
50ml
PRODUCED by PILOT
iroshizuku
WINSOR & NEWTON
INK
965 • ORANGE
WINSOR & NEWTON
INK
961• APPLE GREEN

좋아하는 글과 글씨를 자주 보고 참고하는 것은 적극 추천!
'왜 아무리 써도 똑같이 써지지 않지?' 하며 스트레스 받는 것은 금물!
개성 있는 나만의 글씨는 편안한 마음으로 꾸준히, 또 어제와는 다르게
조금씩 바뀌어가는 과정을 즐겨야만 만들어진다.
매일의 내 글씨를 예뻐할 준비, 나의 하루를 소중하게 기록할 준비가 되었다면
이제 LET'S WRITE!

PART

2. 하루에 한 줄 나만을 위해 쓰는 시간

Let's Write!

가장 비싸고 사치스러운 일기장을 사자
소중한 오늘의 기록을 애지중지 할 수 있도록

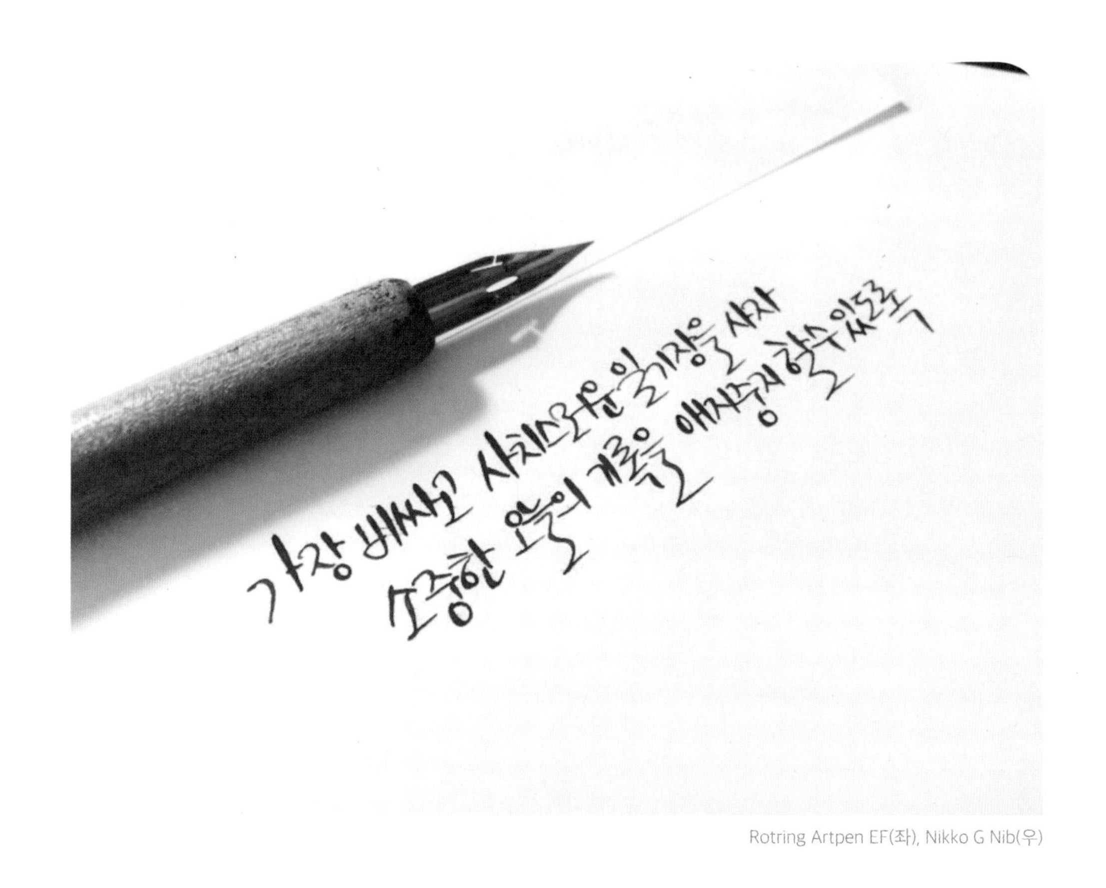

Rotring Artpen EF(좌), Nikko G Nib(우)

DAY 1.
소중한 오늘을 기록하다

–

가장 비싸고 사치스러운 일기장을 사자
소중한 오늘의 기록을 애지중지할 수 있도록

감성연구소 짓고 Sophie 쓰다

Let's Write!

가장 비싸고 사치스러운 일기장을 사자
소중한 오늘의 기록을 애지중지 할 수 있도록

가장 비싸고 사치스러운 일기장을 사자
소중한 오늘의 기록을 애지중지 할 수 있도록

가장 비싸고 사치스러운 일기장을 사자
소중한 오늘의 기록을 애지중지 할 수 있도록

※ 딥펜으로 쓸 경우 잉크가 마르는 데 시간이 5분~10분가량 소요되므로,
글씨를 쓴 후에는 책을 덮거나 책장을 바로 넘기지 말고 잠시 기다려주세요.
※ 별도의 종이에 연습하실 경우 MILK지(85g 이상)를 추천해드려요.

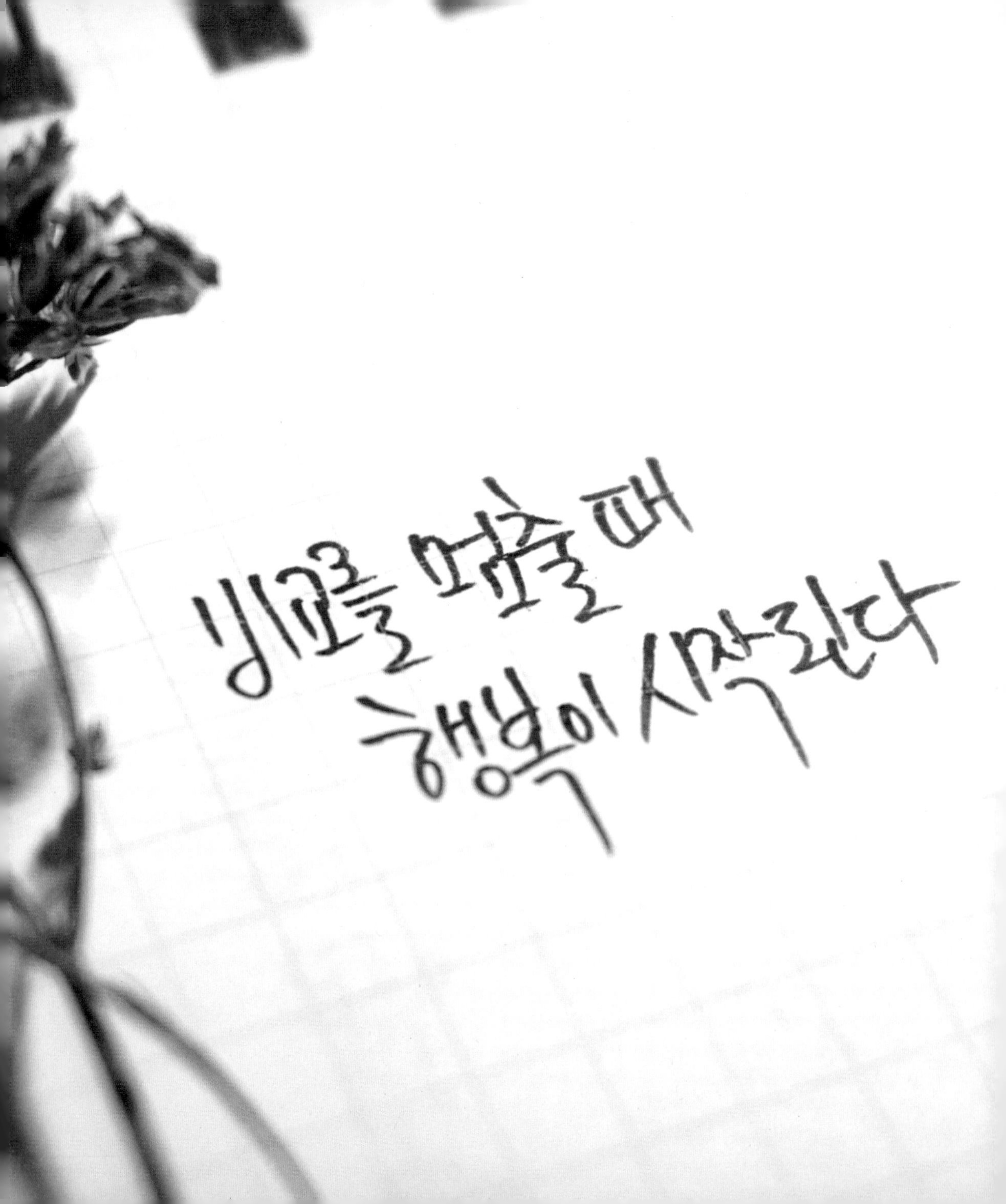
비교를 멈출 때
행복이 시작된다

Monami-Plus Pen S(좌), HwaShin Nib(우)

DAY 2.
타인의 삶이 아닌 나의 삶을 살아라

–

비교를 멈출 때
행복이 시작된다

감성연구소 짓고 Sophie 쓰다

Let's Write!

비교를 멈출 때 행복이 시작된다

비교를 멈출 때 행복이 시작된다

비교를 멈출 때 행복이 시작된다

누군가,
도전한다라고 말하면
그저,
응원한다라고 답하기

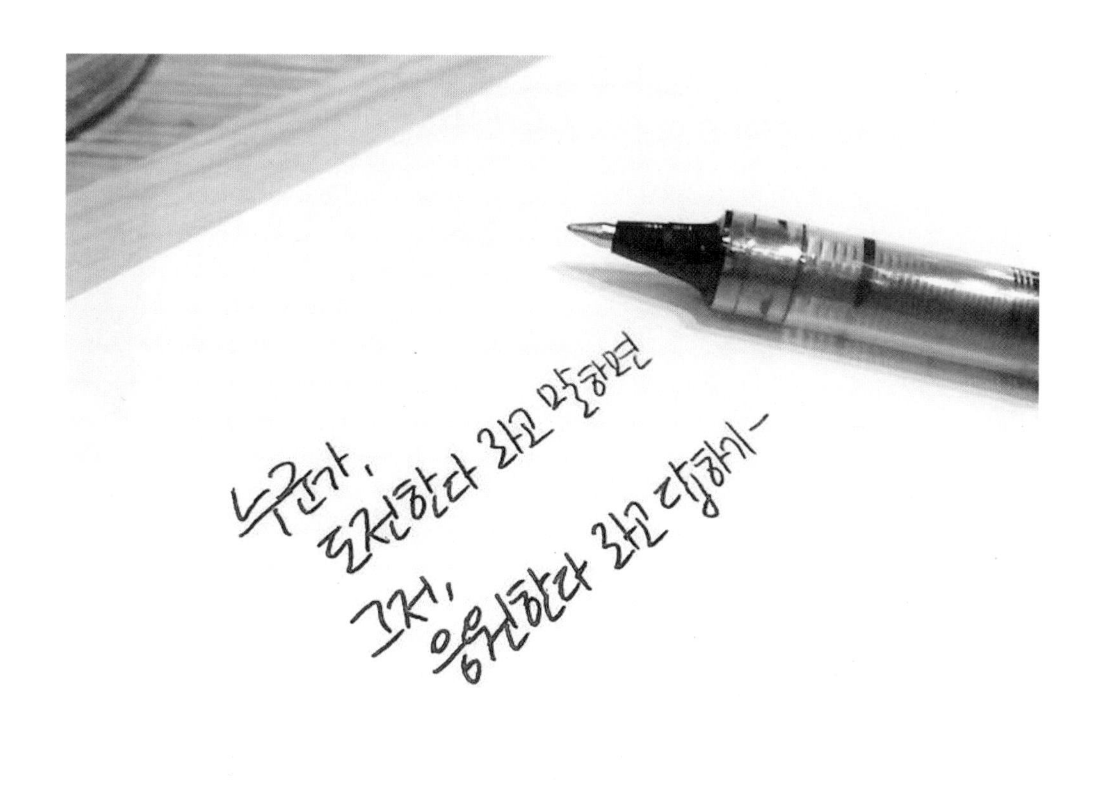

HwaShin Nib(좌), Mitsubishi-Uniball Signo(우)

DAY 3.
말없이 응원해주는 친구

—

누군가, 도전한다 라고 말하면
그저, 응원한다 라고 답하기

감성연구소 짓고 Sophie 쓰다

Let's Write!

누군가, 도전한다 라고 말하면
그저, 응원한다 라고 답하기

누군가, 도전한다 라고 말하면
그저, 응원한다 라고 답하기

누군가, 도전한다 라고 말하면
그저, 응원한다 라고 답하기

자 고민인가?
괜찮아 마음껏 고민해
가끔씩 내일 하루 쯤
고민하면 그만이지

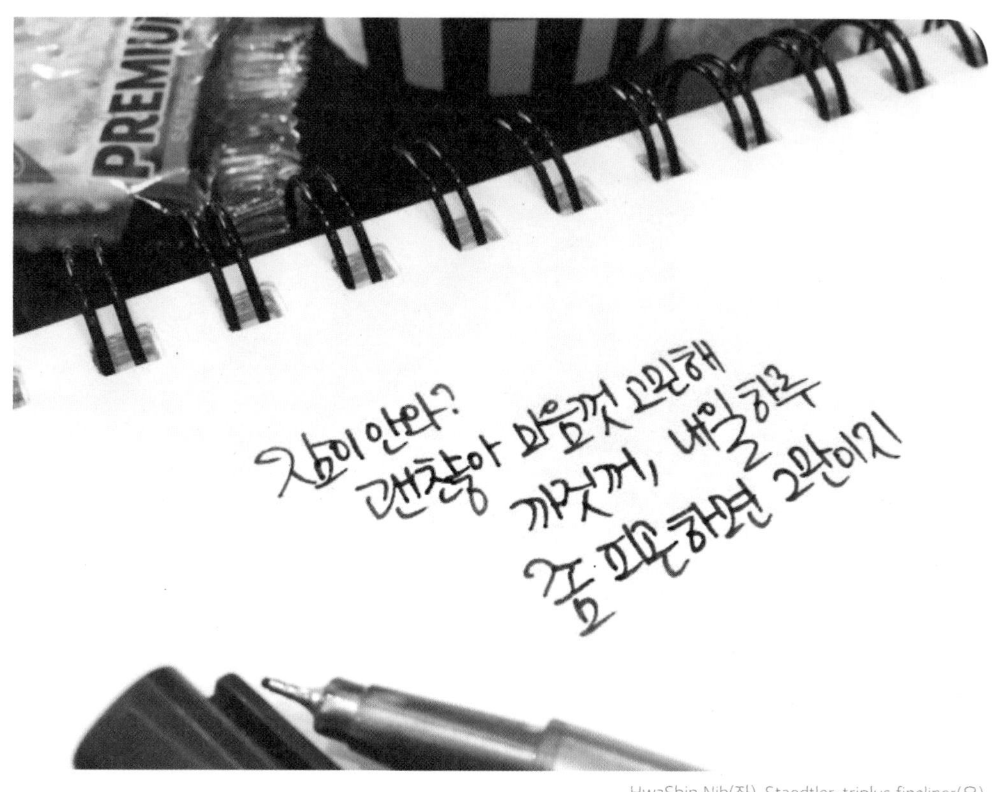

HwaShin Nib(좌), Staedtler-triplus fineliner(우)

DAY 4.
잠 못 드는 밤

—

잠이 안 와?
괜찮아 마음껏 고민해
까짓 꺼 내일 하루 좀 피곤하면 그만이지

감성연구소 짓고 Sophie 쓰다

Let's Write!

잠이안와?
괜찮아 마음껏 고민해
까짓꺼 내일 하루
좀 피곤하면 그만이지

잠이안와?
괜찮아 마음껏 고민해
까짓꺼 내일 하루
좀 피곤하면 그만이지

잠이안와?
괜찮아 마음껏 고민해
까짓꺼 내일 하루
좀 피곤하면 그만이지

결벽한 사이에
결백한 관계로
너무 무리하지 말자

HwaShin Nib(좌), Monami-Plus Pen S(우)

DAY 5.
위기는 늘 지나간다

–

그럴 만한 시기에
그럴 만한 고민이므로
너무 두려워하진 말자

감성연구소 짓고 Sophie 쓰다

Let's Write!

그럴만한 시기에
그럴 만한 고민이므로
너무 두려워 하지 말자

그럴만한 시기에
그럴 만한 고민이므로
너무 두려워 하지 말자

그럴만한 시기에
그럴 만한 고민이므로
너무 두려워 하지 말자

일단 대학부터 가자
일단 취직부터 하자
일단 집부터, 차부터, 승진부터..
일단, 어디로 가고 있지?

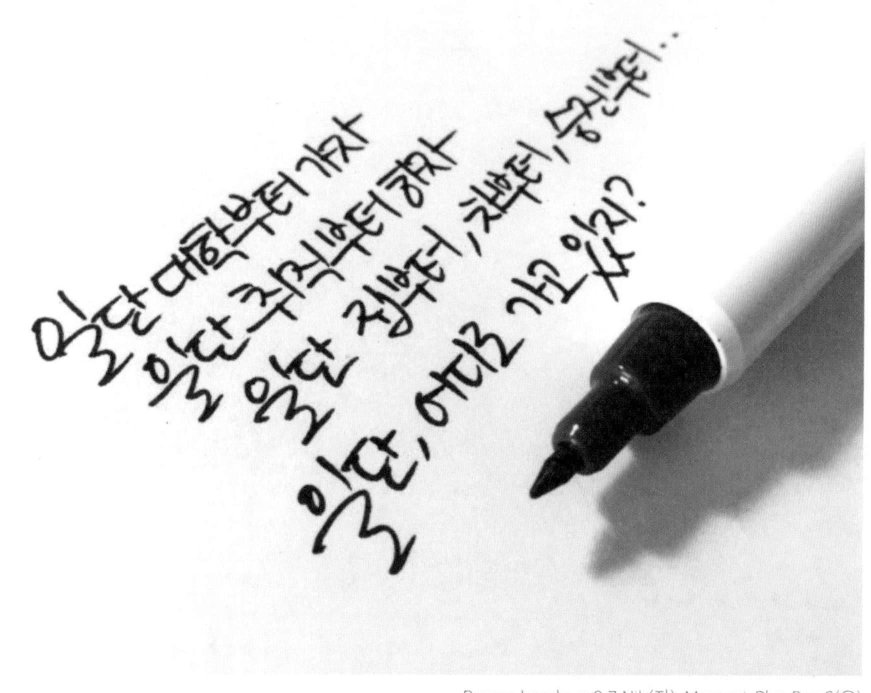

Brause bandzug 0.7 Nib(좌), Monami-Plus Pen S(우)

DAY 6.
당신은 어디로 가고 있습니까?

—

일단 대학부터 가자
일단 취직부터 하자
일단 집부터, 차부터, 승진부터…
일단, 어디로 가고 있지?

감성연구소 짓고 Sophie 쓰다

Let's Write!

일단 대학부터 가자
일단 취업부터 하자
일단 집부터, 차부터, 승진부터..
일단, 어디로 가고 있지?

일단 대학부터 가자
일단 취업부터 하자
일단 집부터, 차부터, 승진부터..
일단, 어디로 가고 있지?

괜찮아, 다들 같은 고민해

상식적인 사람으로 자라는

정상적인 과정을 겪고 있을 뿐이야

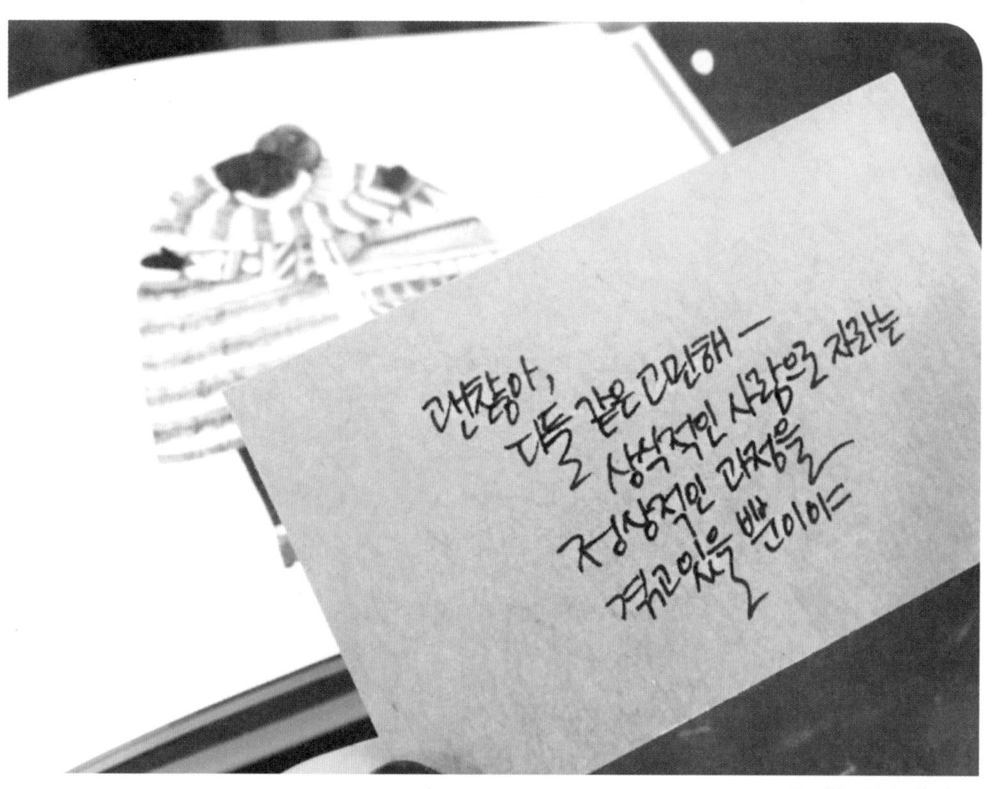

Staedtler-triplus fineliner

DAY 7.
사람으로 살아간다는 것

—

괜찮아, 다들 같은 고민해
상식적인 사람으로 자라는
정상적인 과정을 겪고 있을 뿐이야

감성연구소 짓고 Sophie 쓰다

Let's Write!

괜찮아, 다들 같은 고민해
상식적인 사람으로 자라는
정상적인 과정을 겪고 있을 뿐이야

괜찮아, 다들 같은 고민해
상식적인 사람으로 자라는
정상적인 과정을 겪고 있을 뿐이야

둥글어진다는 것은
사회적으로 이롭게 작용하나
한편으로는 각자의 날이 무뎌지는 듯이
보이기도 해

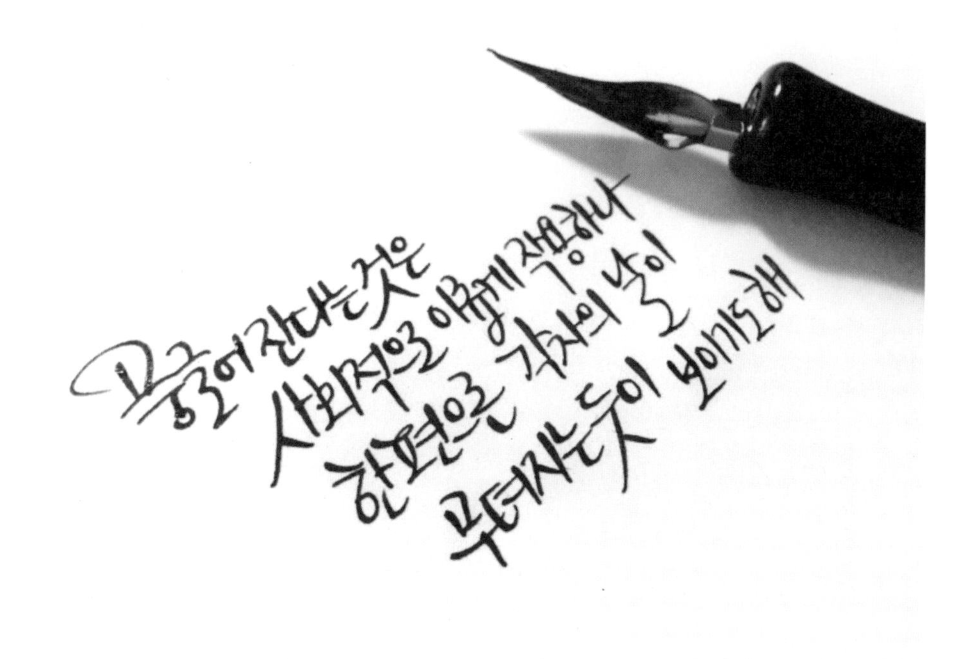

Rotring Artpen EF(좌), HwaShin Nib(우)

DAY 8.
흐르는 물속의 돌멩이처럼

–

뭉글어진다는 것은 사회적으로 이롭게 작용하나
한편으론 각자의 날이 무뎌지는 듯이 보이기도 해

감성연구소 짓고 Sophie 쓰다

Let's Write!

둥글어진다는 것은
사회적으로는 이롭게 작용하나
한편으로는 각자의 날이
무뎌지는 듯이 보이기도 해

둥글어진다는 것은
사회적으로는 이롭게 작용하나
한편으로는 각자의 날이
무뎌지는 듯이 보이기도 해

인생은 아이스크림 같으니
그것이 녹기전에
부지런히 즐기게

HwaShin Nib(좌), Authentic Model's Nib(우)

DAY 9.
인생은 아이스크림

–

인생은 아이스크림 같으니
그것이 녹기 전에 부지런히 즐기기!

감성연구소 짓고 Sophie 쓰다

Let’s Write!

인생은 아이스크림 같으니
그것이 녹기전에 부지런히 즐기기!

인생은 아이스크림 같으니
그것이 녹기전에 부지런히 즐기기!

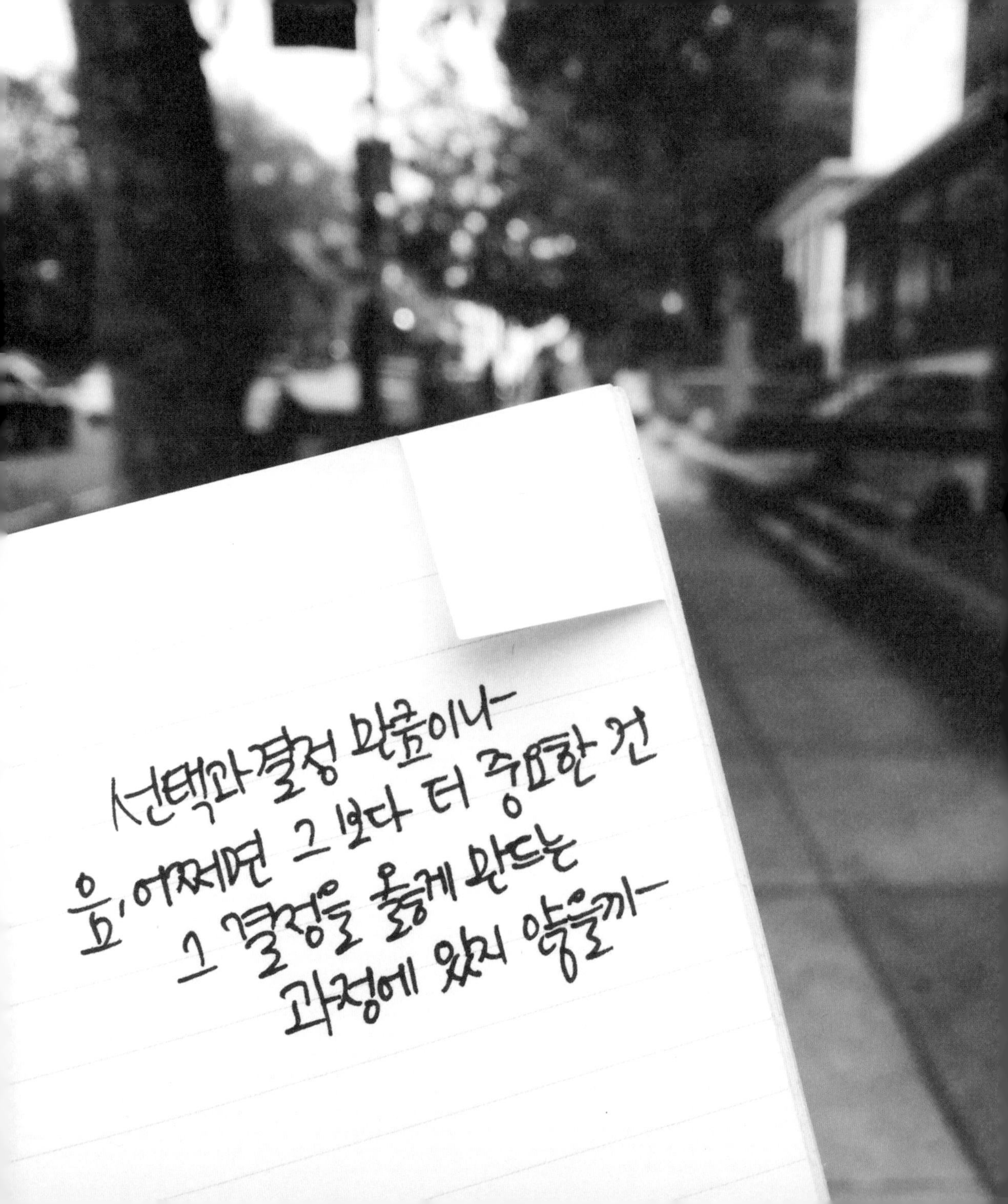
선택과 결정 만큼이나
요, 어쩌면 그보다 더 중요한 건
그 결정을 옳게 만드는
과정에 있지 않을까

Monami-Plus Pen S(좌), Authentic Model's Nib(우)

DAY 10.
결정을 옳게 만드는 과정

—

선택과 결정만큼이나
음, 어쩌면 그보다 더 중요한 건
그 결정을 옳게 만드는 과정에 있지 않을까

감성연구소 짓고 Sophie 쓰다

Let's Write!

선택과 결정만큼이나
요, 어쩌면 그보다 더 중요한 건
그 결정을 옳게 만드는
과정에 있지 않을까

선택과 결정만큼이나
요, 어쩌면 그보다 더 중요한 건
그 결정을 옳게 만드는
과정에 있지 않을까

종이에 따라 달라지는 손글씨의 매력

지금까지는 펜으로 손글씨를 써보면서 자신의 손글씨 만들기에 주력했다면, 이제는 예쁜 종이나 원고지, 스케줄러 등 다양한 종이 혹은 도구를 활용해 내 손글씨를 더 돋보이게 해보자.

괜찮아, 이 또한 지나갈테니

HwaShin Nib(좌), Staedtler-triplus fineliner(우)

DAY 11.
나를 위로하는 한마디

—

괜찮아,
이 또한 지나갈 테니

감성연구소 짓고 Sophie 쓰다

Let's Write!

괜찮아, 이 또한 지나갈테니

괜찮아, 이 또한 지나갈테니

괜찮아, 이 또한 지나갈테니

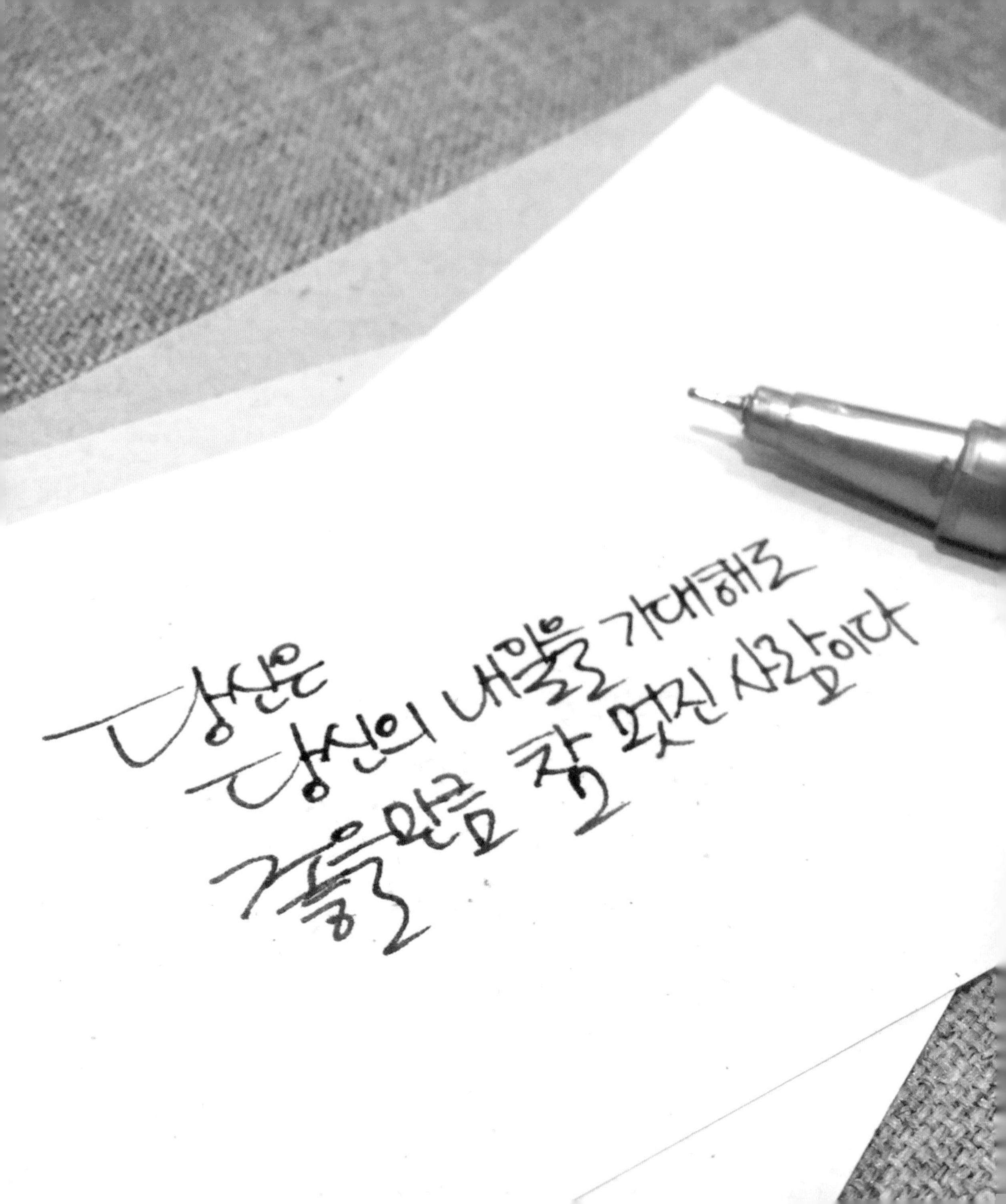
당신은
당신의 내일을 기대해도
좋을만큼 참 멋진 사람이다

Staedtler-triplus fineliner(좌), Authentic Model's Nib(우)

DAY 12.
당신은 참 멋진 사람

—

당신은 당신의 내일을 기대해도 좋을 만큼
참 멋진 사람이다

Sophie 짓고 쓰다

Let's Write!

당신은
당신의 내일을 기대해도
좋을만큼 참 멋진 사람이다

당신은
당신의 내일을 기대해도
좋을만큼 참 멋진 사람이다

당신은
당신의 내일을 기대해도
좋을만큼 참 멋진 사람이다

남들에겐 어렵고
나에겐 즐거운 것
재능, 이라고 부르자
쓸모 없다고 팽계대면서
멈추지 말고

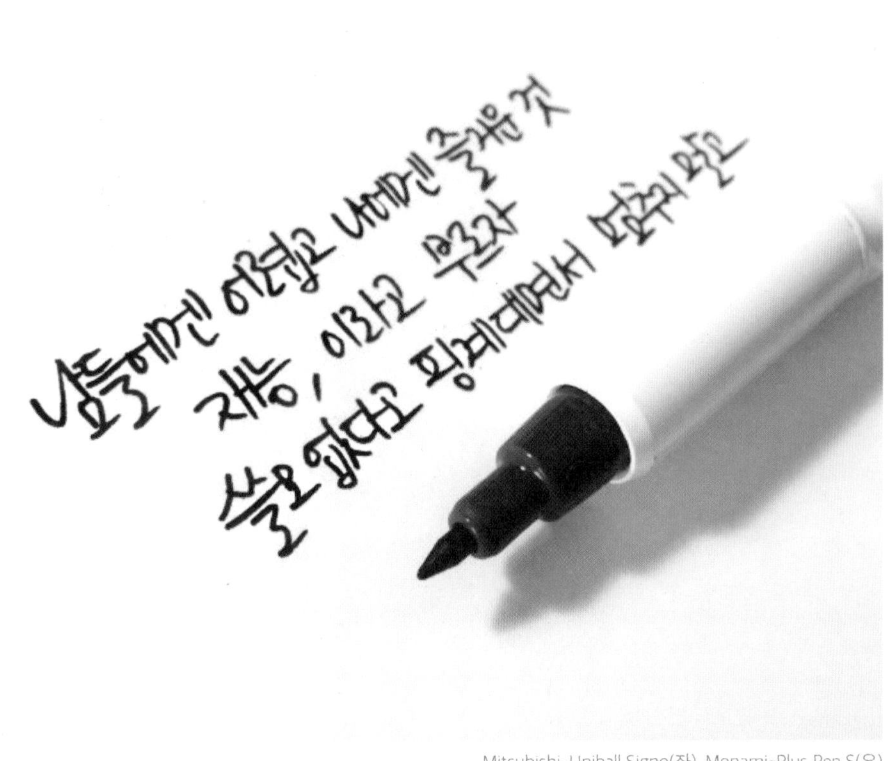

Mitsubishi-Uniball Signo(좌), Monami-Plus Pen S(우)

DAY 13.
내게 재미있는 게 재능

—

남들에겐 어렵고 나에겐 즐거운 것
재능, 이라고 부르자
쓸모없다고 핑계 대면서 멈추지 말고

감성연구소 짓고 Sophie 쓰다

Let's Write!

남들에겐 어렵고 나에겐 즐거운 것
재능, 이라고 부르자
쓸모 없다고 핑계 대면서
멈추지 말고

남들에겐 어렵고 나에겐 즐거운 것
재능, 이라고 부르자
쓸모 없다고 핑계 대면서
멈추지 말고

남들에겐 어렵고 나에겐 즐거운 것
재능, 이라고 부르자
쓸모 없다고 핑계 대면서
멈추지 말고

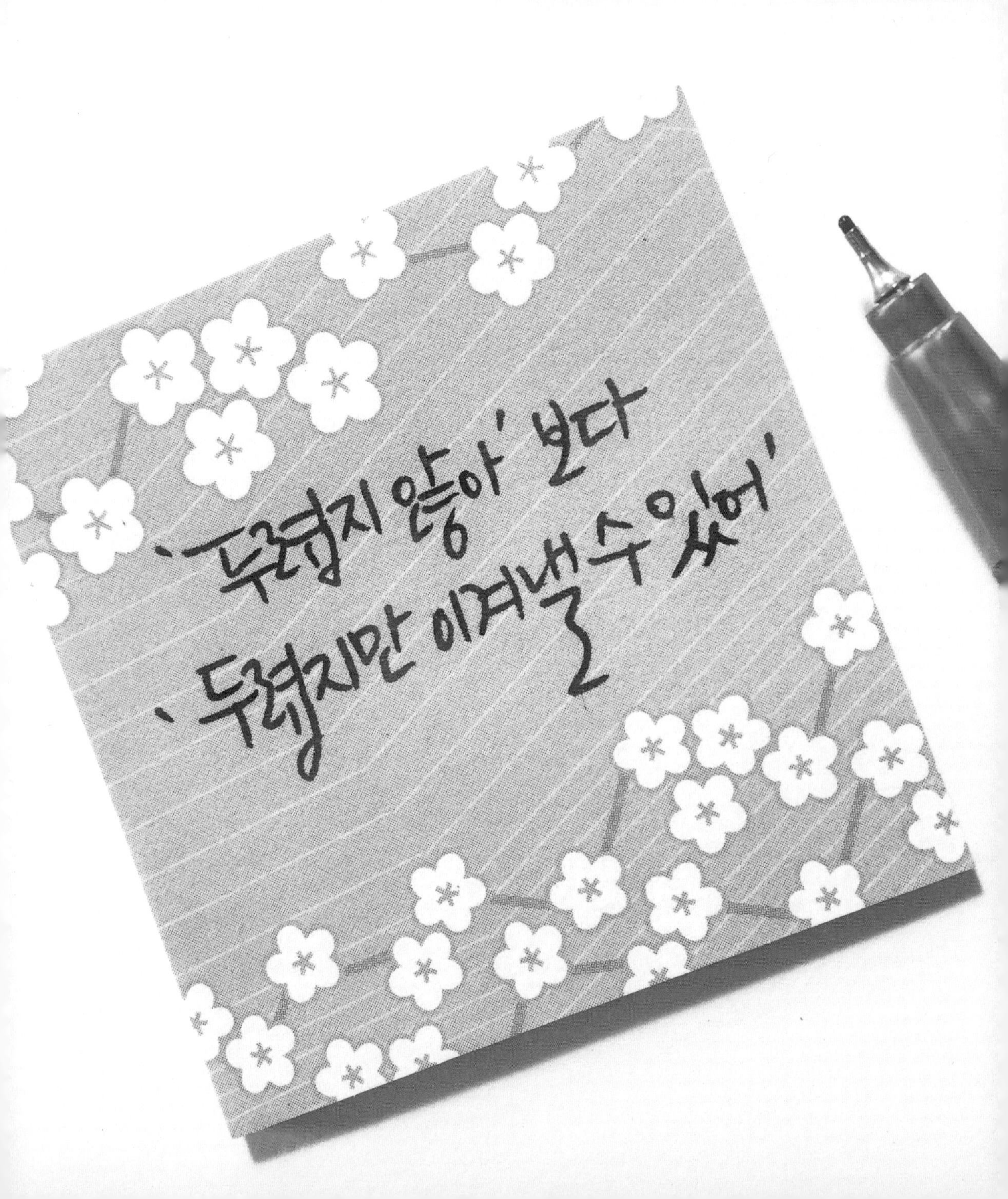
'두렵지 않아' 보다
'두렵지만 이겨낼 수 있어'

Staedtler-triplus fineliner

DAY 14.
두렵지만, 이겨낼 수 있어

—

'두렵지 않아'보다
'두렵지만 이겨낼 수 있어'

감성연구소 짓고 Sophie 쓰다

Let's Write!

'두렵지 않아' 보다
'두렵지만 이겨낼 수 있어'

'두렵지 않아' 보다
'두렵지만 이겨낼 수 있어'

MON | TUE | WED | THU

무엇을 하든 쉽지 않으므로
하고 싶은 일을 하는게 낫다

Monami-Plus Pen S(좌), HwaShin Nib(우)

DAY 15.
뭔가를 하기가 망설여질 때

—

무엇을 하든 쉽지 않으므로
하고 싶은 일을 하는 게 낫다

감성연구소 짓고 Sophie 쓰다

Let's Write!

무엇을 하든 쉽지 않으므로
하고 싶은 일을 하는 게 낫다

무엇을 하든 쉽지 않으므로
하고 싶은 일을 하는 게 낫다

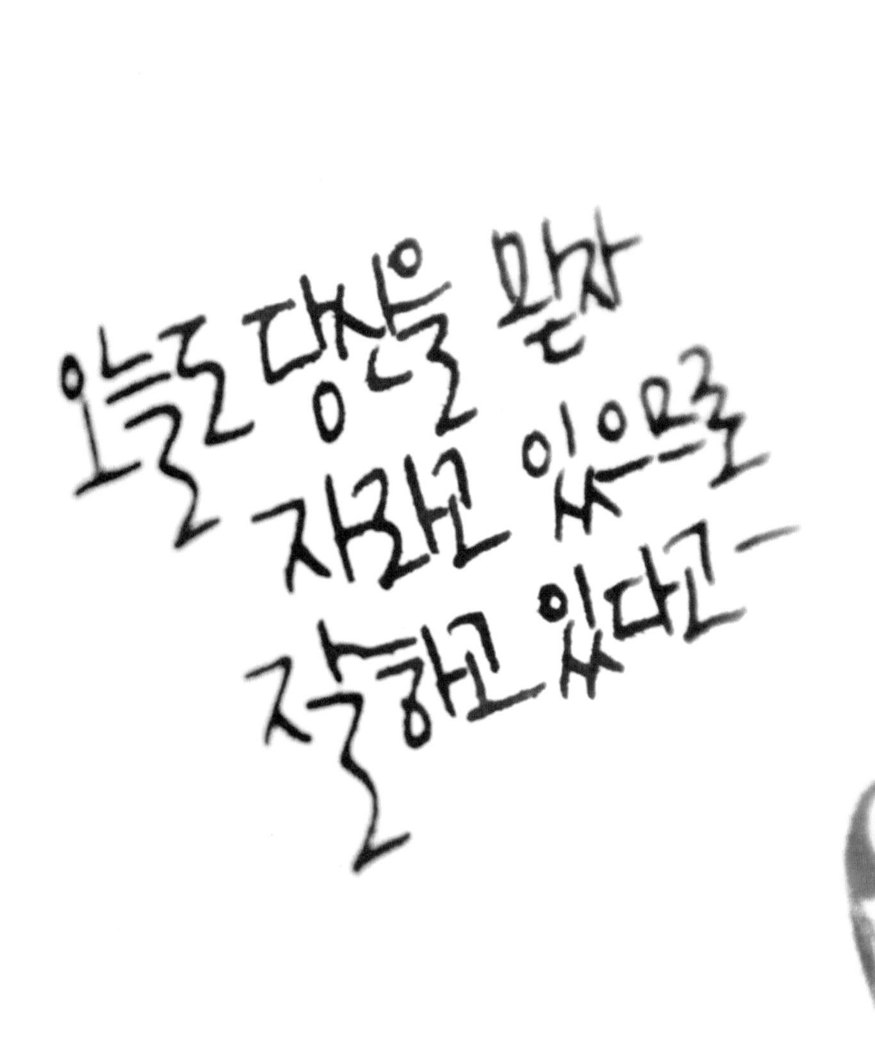

오늘도 당신을 [illegible]
자라고 있으므로
잘하고 있다고 -

HwaShin Nib(좌), Staedtler-triplus fineliner(우)

DAY 16.
괜찮아, 잘하고 있어

–

오늘도 당신을 믿자
자라고 있으므로
잘하고 있다고

감성연구소 짓고 Sophie 쓰다

Let's Write!

오늘도 당신을 믿자
자라고 있으며
잘하고 있다고

오늘도 당신을 믿자
자라고 있으며
잘하고 있다고

오늘도 당신을 믿자
자라고 있으며
잘하고 있다고

마지막 순간까지
사랑은 변하지 않지만
마지막 순간까지
사랑은 사랑을 멈추지 않는다

ebei Province, 1986

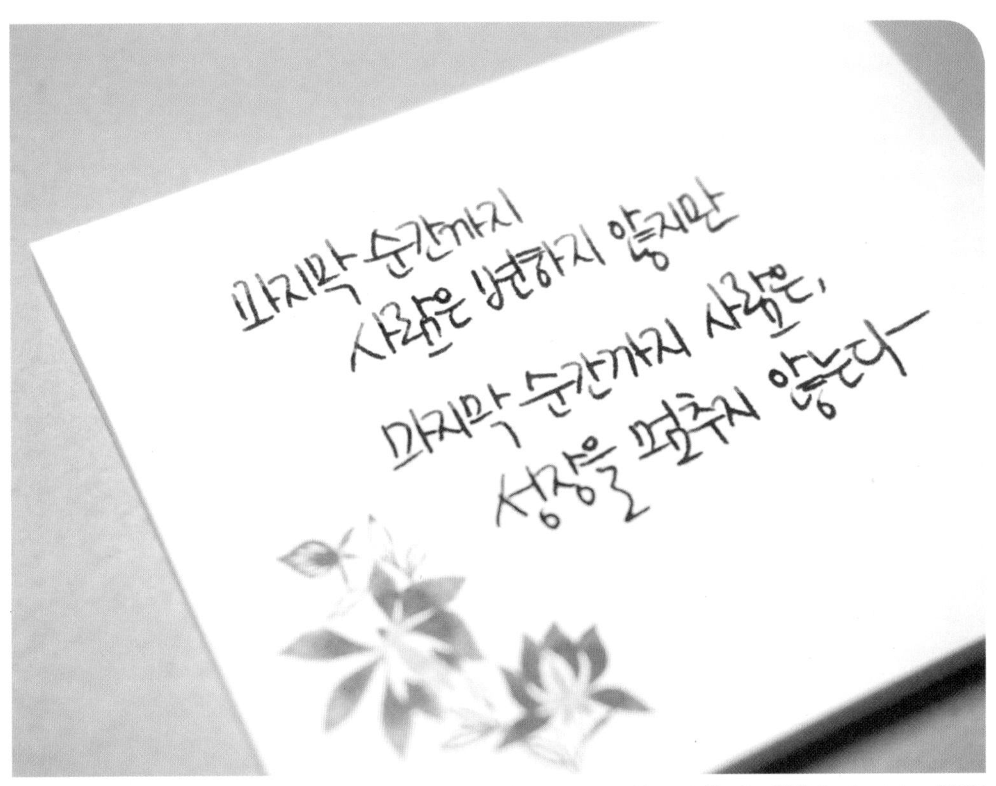

Monami-Plus Pen S(좌), Rotring Artpen EF(우)

DAY 17.
당신의 마지막 순간에는

–

마지막 순간까지 사람은 변하지 않지만
마지막 순간까지 사람은 성장을 멈추지 않는다

감성연구소 짓고 Sophie 쓰다

Let's Write!

마지막 순간까지
사람은 변하지 않지만
마지막 순간까지
사람은 성장을 멈추지 않는다

마지막 순간까지
사람은 변하지 않지만
마지막 순간까지
사람은 성장을 멈추지 않는다

후회되는 일들을 곰곰 생각해 보니
용기 없어 행동하지 못했던
것들이 대부분이네

HwaShin Nib

DAY 18.
'나중에'는 없다

—

후회되는 일들을 뽑아놓고 보니
용기 없어 행동하지 못했던 것들이 대부분이네

감성연구소 짓고 Sophie 쓰다

Let's Write!

후회되는 일들을 뽑아놓고 보니
용기 없어 행동하지 못했던
것들이 대부분이네

후회되는 일들을 뽑아놓고 보니
용기 없어 행동하지 못했던
것들이 대부분이네

긴 인생 아름답도록
살아가는 비결은 절대겸손

UM-100(08)
SILVER

Mitsubishi-Uniball Signo(좌), Authentic Model's Nib(우)

DAY 19.
겸손한 삶

–

긴 인생 아름답도록
살아가는 비결은 절대 겸손

박신영 짓고 Sophie 쓰다

Let's Write!

긴 인생 아름답도록
살아가는 비결은 절대 겸손

긴 인생 아름답도록
살아가는 비결은 절대 겸손

체면 차리느라
사랑할 시간을 놓치는 것 보다
피가 거꾸로 솟은들
정한 모습 그대로
사랑을 보여주기

Hebei Provi

Rotring Artpen EF(좌), Authentic Model's Nib(우)

DAY 20.
당신 그대로의 사랑

–

체면 차리느라 사랑할 시간을 놓치는 것보다
피가 거꾸로 솟은들 징한 모습 그대로 사랑을 보여주기

박신영 짓고 Sophie 쓰다

Let's Write!

체면 차리느라
사랑할 시간을 놓치는 것보다
피가 거꾸로 솟은들
징한 모습 그대로 사랑을 보여주기

체면 차리느라
사랑할 시간을 놓치는 것보다
피가 거꾸로 솟은들
징한 모습 그대로 사랑을 보여주기

긴 글도 서두르지 말고 차분하게

이제는 조금 긴 문장을 써보면서 카드나 편지 같은 긴 글이 갖는 호흡에도 익숙해져보자. 글이 길다고 서두르지 말고 언제나 처음처럼 차분한 마음가짐으로!

PARKER
QUINK

목적지는 죽음 하나이고
여정은 네 인생 전부일 텐데
목적지를 위해 여정은 아무래도
상관 없다는 듯
희생하며 사는 것, 억울하지 않니?

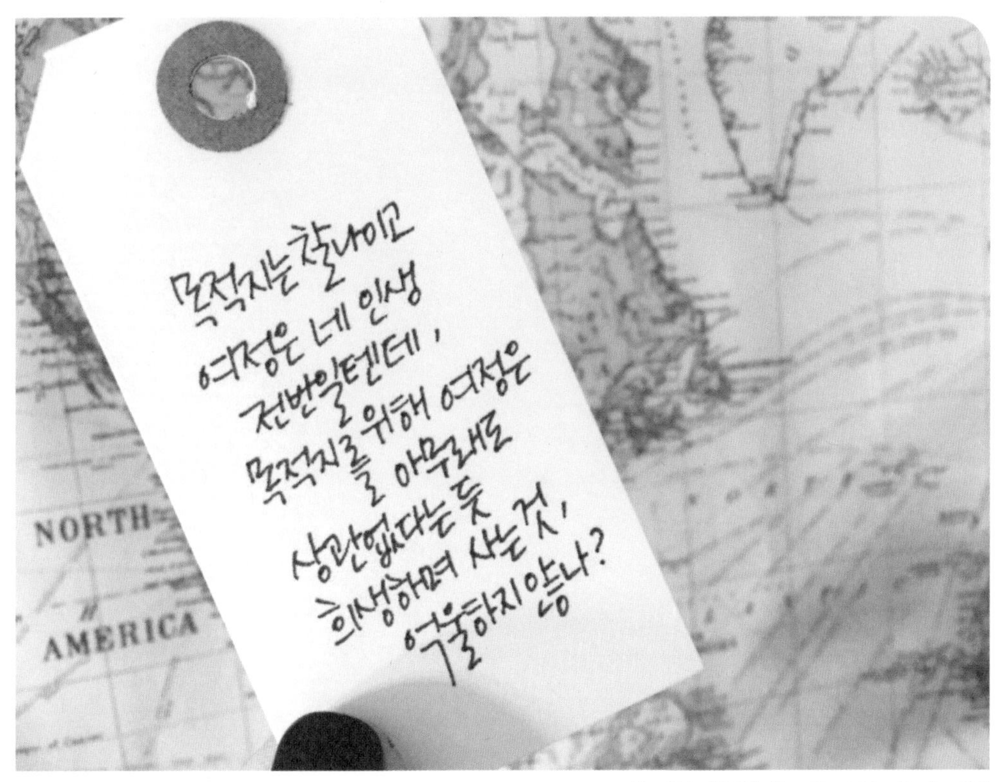

HwaShin Nib(좌), Staedtler-triplus fineliner(우)

DAY 21.
지금 이 순간을 누리기

–

목적지는 찰나이고 여정은 네 인생 전반일 텐데
목적지를 위해 여정은 아무래도 상관없다는 듯
희생하며 사는 것, 억울하지 않나?

박신영 짓고 Sophie 쓰다

Let's Write!

목적지는 찰나이고 여정은 네 인생 전반일텐데
목적지를 위해 여정은 아무래도 상관 없다는 듯
희생하며 사는 것, 억울하지 않나?

목적지는 찰나이고 여정은 네 인생 전반일텐데
목적지를 위해 여정은 아무래도 상관 없다는 듯
희생하며 사는 것, 억울하지 않나?

목적지는 찰나이고 여정은 네 인생 전반일텐데
목적지를 위해 여정은 아무래도 상관 없다는 듯
희생하며 사는 것, 억울하지 않나?

지금 당신은 일상이 힘들겠지만
어쨌거나 제3자의 입장에서
당신을 보고 있자면
우리는 분명한
성장을 느낄 수 있다

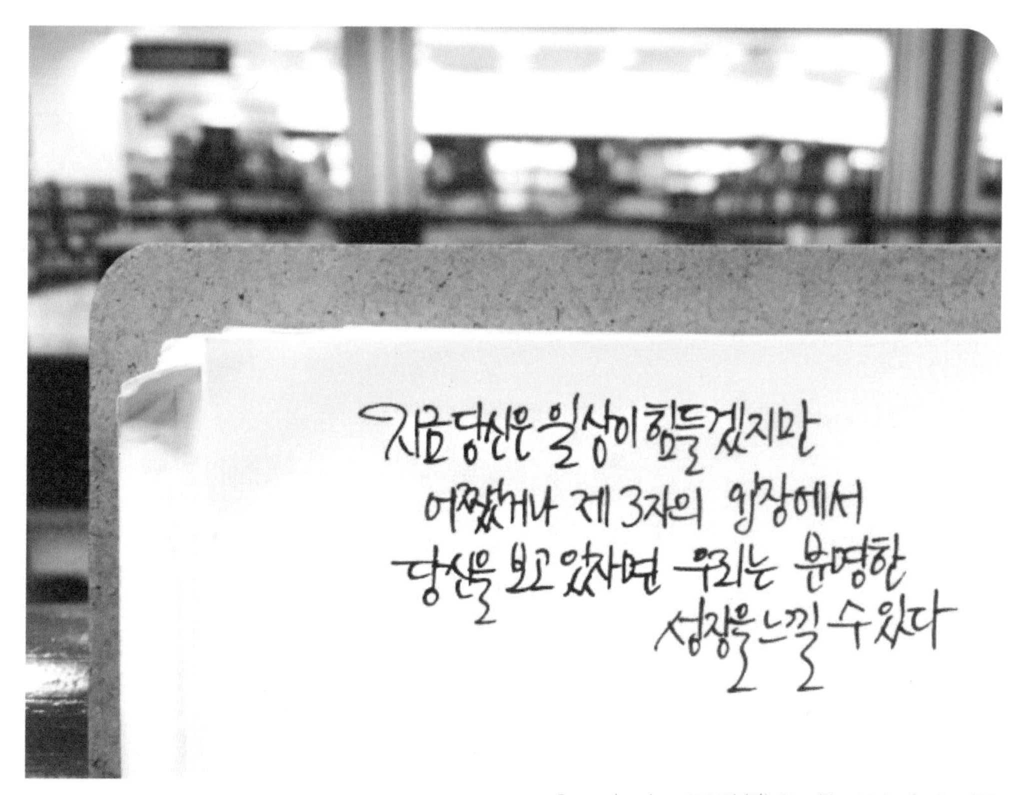

Brause bandzug 0.7 Nib(좌), Staedtler-triplus fineliner(우)

DAY 22.
매일, 조금씩 성장하다

—

지금 당신은 일상이 힘들겠지만
어쨌거나 제3자의 입장에서 당신을 보고 있자면
우리는 분명한 성장을 느낄 수 있다

감성연구소 짓고 Sophie 쓰다

Let's Write!

지금 당신은 일상이 힘들겠지만
어쨌거나 제3자의 입장에서
당신을 보고 있자면 우리는 분명한
성장을 느낄 수 있다

지금 당신은 일상이 힘들겠지만
어쨌거나 제3자의 입장에서
당신을 보고 있자면 우리는 분명한
성장을 느낄 수 있다

지금 당신은 일상이 힘들겠지만
어쨌거나 제3자의 입장에서
당신을 보고 있자면 우리는 분명한
성장을 느낄 수 있다

긍정적으로 생각해도
부정적으로 생각해도
결과는 크게 다르지 않다
그러므로, 긍정적으로
생각하는 것이 스스로에게
실용적이다

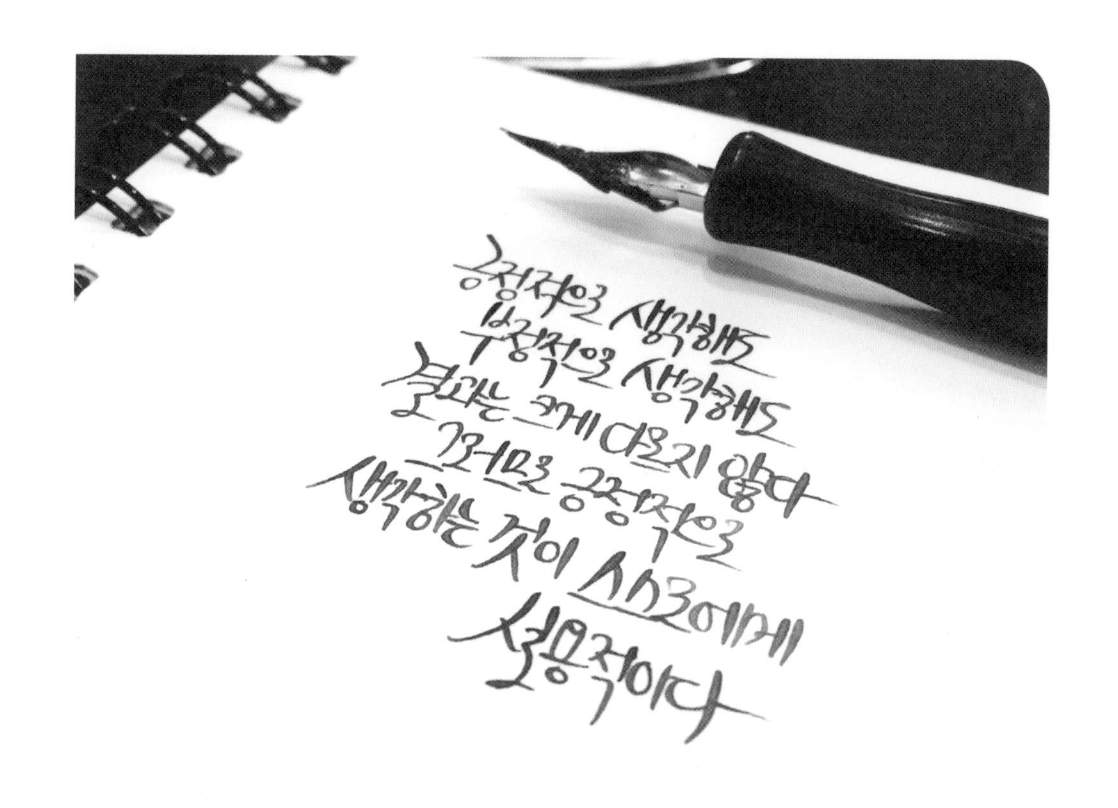

Staedtler-triplus fineliner(좌), HwaShin Nib(우)

DAY 23.
부정하기보다는 긍정하기

–

긍정적으로 생각해도 부정적으로 생각해도
결과는 크게 다르지 않다
그러므로, 긍정적으로 생각하는 것이
스스로에게 실용적이다

감성연구소 짓고 Sophie 쓰다

Let's Write!

긍정적으로 생각해도
부정적으로 생각해도
결과는 크게 다르지 않다
그러므로, 긍정적으로
생각하는 것이 스스로에게
실용적이다

긍정적으로 생각해도
부정적으로 생각해도
결과는 크게 다르지 않다
그러므로, 긍정적으로
생각하는 것이 스스로에게
실용적이다

삶 속의 작은 기쁨, 손편지

이번 파트에서는 소중한 사람들에게 한 번쯤은 전해보면 좋을 감동적인 대필 편지들을 모아봤다. 이 글귀들에 담긴 감동을 마음속에 담아두었다가 언젠가 누군가에게 작지만 큰 기쁨을 전해보길 바란다.

글씨를 써나가며 가장 보람을 느끼는 순간은 바로 누군가를 위해 '편지'를 적을 때다. 꽃 주문이 있을 때면 함께 곁들여 보내지는 이 편지들 덕에 그들 관계 속에 깃든 아름다운 추억과 따스한 마음을 잔뜩 전해 받게 된다. 관계의 아름다움을 느끼며 나의 삶 또한 되돌아보게 되는 편지 대필은 내가 지인에게 쓰는 편지를 포함해 정말이지 행복한 일이다.

마음속에는 있지만 평소 쉽게 꺼내지 못했던 이야기들을 편지를 통해서는 하나씩 꺼내어 말하게 된다. 그렇기에 모든 편지에는 '당신 나에게 참 소중한 사람이야', '당신을 기억하고 있어'라고 메시지가 진하게 녹아나 있다.

You're a fl

엄마

'좋은 엄마'가 되려고

너무 애쓰지 않아도 괜찮아

엄마 안에 숨겨둔 '젊음'이란

이름이 봄처럼 피어나길 바라며

당신의 봄에 헌정합니다

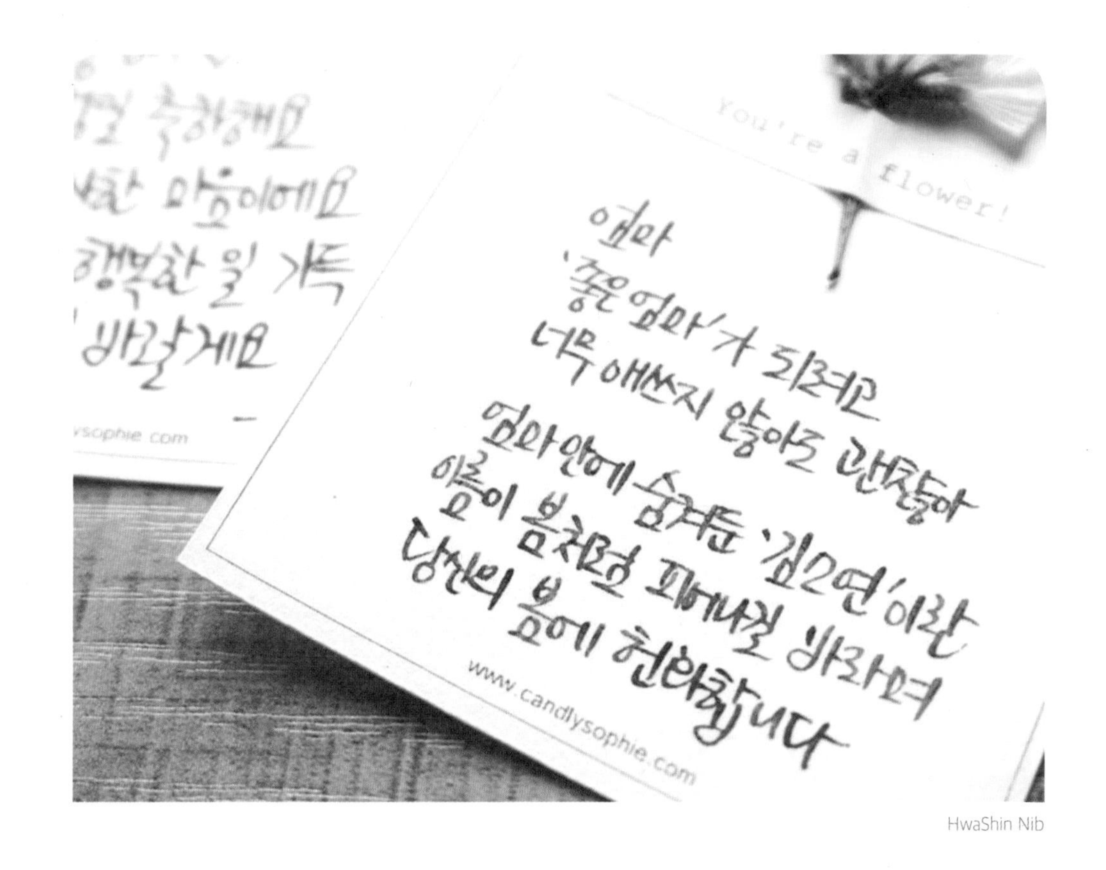

HwaShin Nib

DAY 24.
엄마에게 보내는 편지

–

'좋은 엄마가 되려고 너무 애쓰지 않아도 괜찮아.'
따스한 봄날, 자신의 생일에 어머니께 전하고 싶다고 부탁받은 편지다.
이제는 어머니를 이해하고 다독여줄 만큼 훌쩍 큰 딸의 메시지를 보며
어머니의 마음은 얼마나 든든하셨을까!

Let's Write!

좋은 엄마가 되려고
너무 애쓰지 않아도
괜찮아—

좋은 엄마가 되려고
너무 애쓰지 않아도
괜찮아—

좋은 엄마가 되려고
너무 애쓰지 않아도
괜찮아—

You're a flower!

화려하지 않아도 좋아
계절마다 우리의 꽃을 피우자
하나님의 은혜로 피어나는
꽃처럼 그렇게 살자
- 야옹이의 야옹이

www.candlysophie.com

[illegible]
지는 해를
[illegible]
너는 달빛

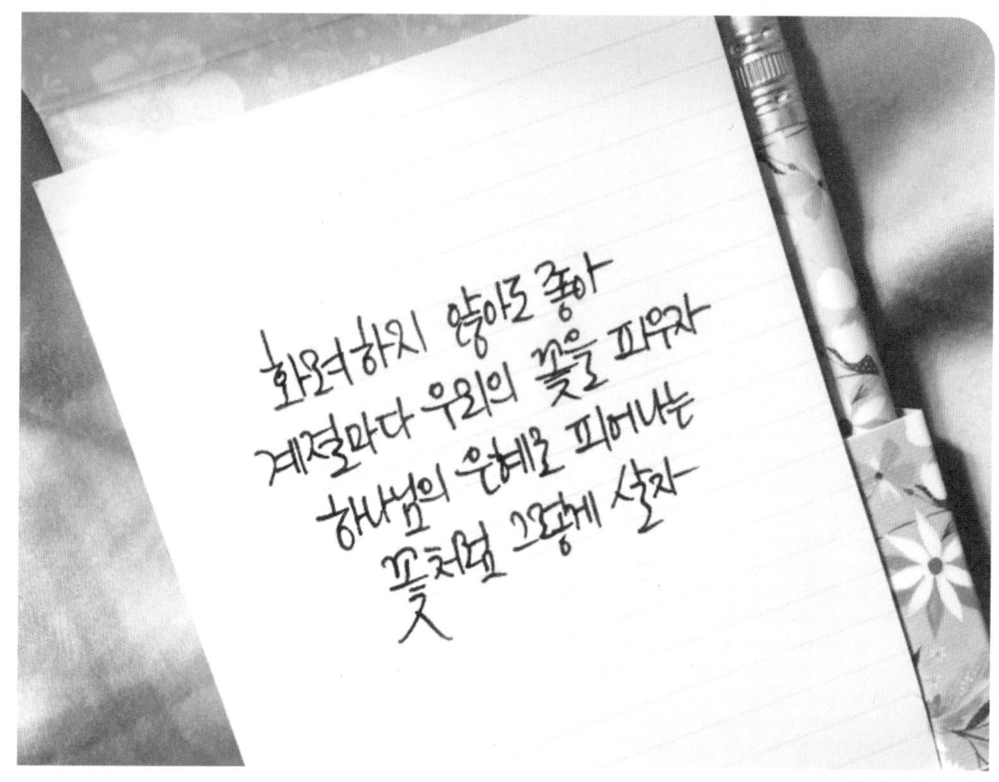

Rotring Artpen EF

DAY 25.
화려한 꽃이 아니어도

—

'화려하지 않아도 좋아. 계절마다 우리의 꽃을 피우자.'
화려하지 않아도 있는 모습 그대로 서로를, 우리를 아름답게 바라보자고 말하는 깊은 사랑이 담긴 메시지. '야옹이의 야옹이'란 깜찍한 애칭이 인상적이어서 문구를 전해 받았을 때도, 쓰고 나서도 몇 번이고 다시 곱씹었던 내용이다.

Let's Write!

화려하지 않아도 좋아
계절마다 우리의 꽃을 피우자
하나님의 은혜로 피어나는
꽃처럼 그렇게 살자

화려하지 않아도 좋아
계절마다 우리의 꽃을 피우자
하나님의 은혜로 피어나는
꽃처럼 그렇게 살자

엄마 아빠 결혼 기념일을
축하드려요 ~
저희에게 아름다운 인생과
사랑을 선물해주셔서 감사합니다
- 지연

flower!

www.candlysophie.com

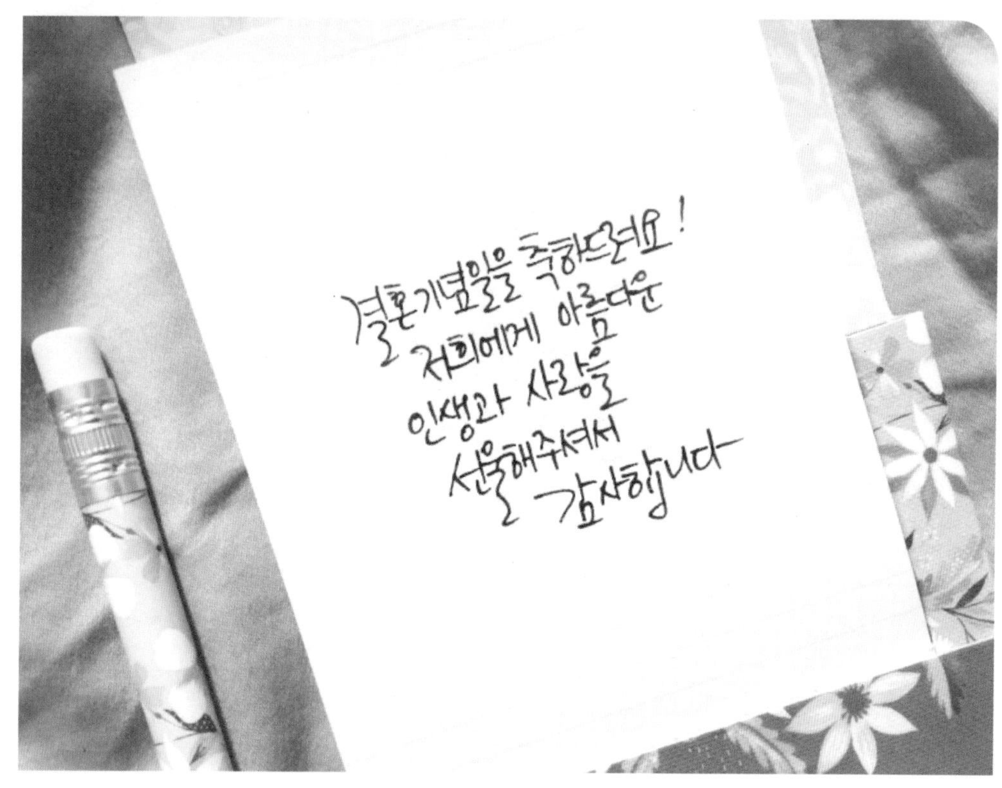

Rotring Artpen EF

DAY 26.
사랑을 선물해주신 부모님께

—

'아름다운 인생과 사랑을 선물해주셔서 감사합니다.'
수많은 사랑과 존경의 편지를 쓰게 되는 5월 가정의 달.
아름다운 인생과 사랑에 대한 감사의 마음을 담은
속깊은 메시지는 정말이지 참 아름다웠다.

Let's Write!

결혼기념일 축하드려요
아름다운 인생과 사랑을
선물해주셔서
감사합니다

결혼기념일 축하드려요
아름다운 인생과 사랑을
선물해주셔서
감사합니다

29년 함께 해줘서
고마워.
앞으로 30년도 부탁해 —

www.candysophie.com

Rotring Artpen EF

DAY 27.
앞으로도 잘 부탁해

–

'29년 함께 해줘서 고마워. 앞으로 30년도 부탁해.'
한 아버님이 따님을 통해 결혼 29주년 꽃 선물을 주문해주셨다.
보이지 않는 그들의 이야기가 가득 녹아 있는, 짧지만 강한 이 멘트와 함께.

Let's Write!

지금까지 함께 해줘서
고마워~ 앞으로의
인생도 잘 부탁해!

지금까지 함께 해줘서
고마워~ 앞으로의
인생도 잘 부탁해!

지금까지 함께 해줘서
고마워~ 앞으로의
인생도 잘 부탁해!

You're ... ver!

소중한 가르침을 기억하며
살아가고 있습니다
선생님, 감사합니다!

96년 1-9 반장 장재

www.candlysophie.com

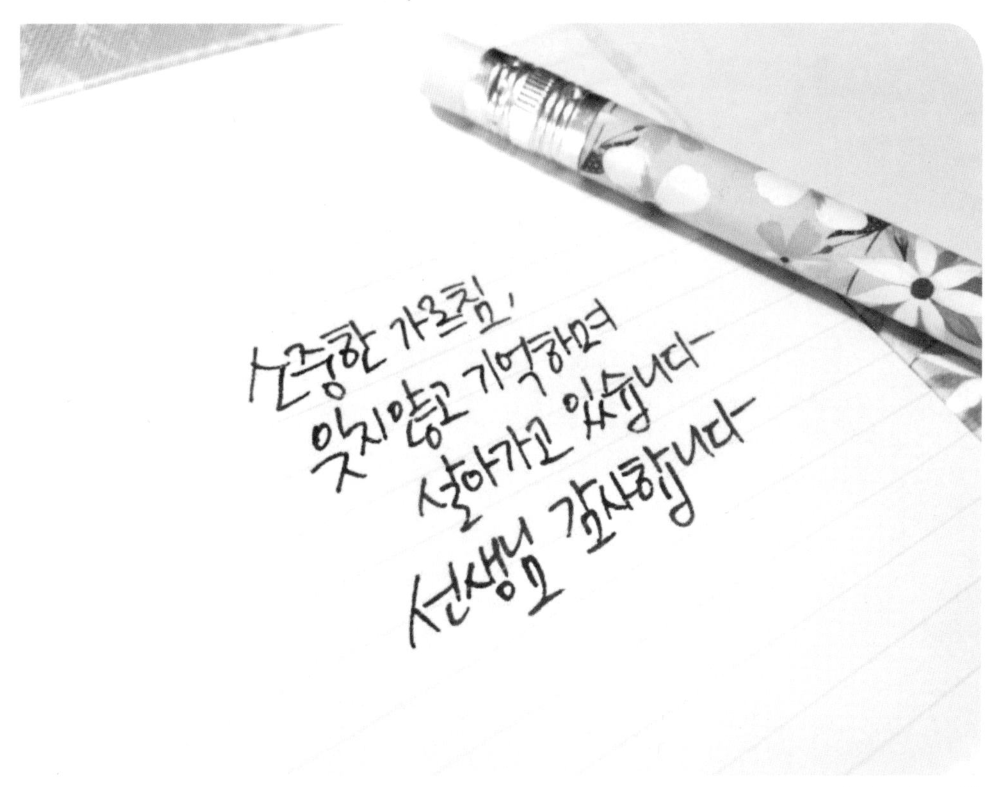

Rotring Artpen EF

DAY 28.
20년 전 가르침을 기억하며

–

'소중한 가르침을 기억하며 살아가고 있습니다.'
어느 때보다도 존경의 마음과 감사가 많이 오고 가는 어버이날, 그리고 스승의 날.
약 20년 전의 담임선생님께 전하는 이 감사의 메시지는
그동안 잊고 지냈던 고마운 분들을 다시금 떠올리게 해주었다.

Let's Write!

소중한 가르침,
잊지 않고 기억하며
살아가고 있습니다
선생님 감사합니다

소중한 가르침,
잊지 않고 기억하며
살아가고 있습니다
선생님 감사합니다

소중한 가르침,
잊지 않고 기억하며
살아가고 있습니다
선생님 감사합니다

그게 사랑이잖아요
나로 인해서
상대방이 빛나 보이는,
상대방이 돋보이는 것

HwaShin Nib

DAY 29.
그게 사랑이에요

–

'그게 사랑이잖아요. 나로 인해서 상대방이 빛나 보이는, 상대방이 돋보이는 것.'
정말 많은 분들이 부탁해주셨던 '사랑'에 관한 글귀.
내가 빛나기보다 상대를 빛나게 하는 것이
진정 단단하고 아름다운 사랑이 아닐까 다시금 생각해보게 하는 아름다운 글귀다.

Let's Write!

그게 사랑이잖아요
나로 인해서
상대방이 빛나보이는
상대방이 돋보이는 것

그게 사랑이잖아요
나로 인해서
상대방이 빛나보이는
상대방이 돋보이는 것

그게 사랑이잖아요
나로 인해서
상대방이 빛나보이는
상대방이 돋보이는 것

You're a flower!

2년동안 내 곁에
있어줘서 고마워요
앞으로 더 아끼고
사랑할게요

www.candlysophie.com

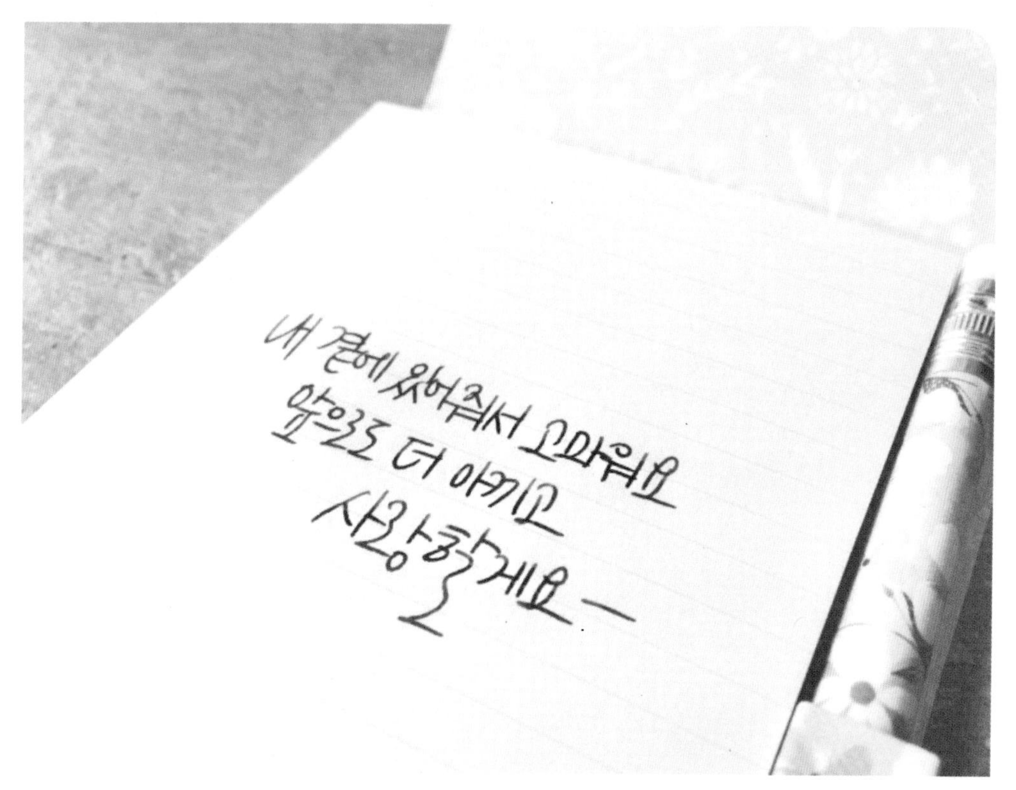

HwaShin Nib(좌), Rotring Artpen EF(우)

DAY 30.
내 곁에 있어줘서 고마워요

—

'내 곁에 있어줘서 고마워요. 앞으로도 더 아끼고 사랑할게요.'
연애 2주년이 아닌 결혼 2주년 기념일을 위해 부탁받은 편지다.
거창하지 않아도, 길지 않아도 이렇게 마음을 표현할 수 있는 것,
인생에 있어 참 소중한 일이 아닐까 싶다.

Let's Write!

내 곁에 있어줘서 고마워요
앞으로도 더 아끼고 사랑할게요

내 곁에 있어줘서 고마워요
앞으로도 더 아끼고 사랑할게요

내 곁에 있어줘서 고마워요
앞으로도 더 아끼고 사랑할게요

'매일매일 행복하고 즐거울 거예요. 기쁨 넘치고 사랑스러운 당신.'

누군가로부터 한 번쯤 듣고 싶은 말,

혹은 누군가에게 문득 해주고 싶은 말,

사실은 내가 나에게 해주고 싶은 말.

말로나 문자 메시지가 아닌 정성스럽게 쓴 손글씨로

예쁜 꽃과 함께 누군가에게,

혹은 나에게 선물해보면 어떨까.

그날 하루는 말하는 대로 행복하고 즐거운

또 한 사람이 생겨날지 모른다.

매일매일 행복하고
즐거울 거예요
기쁨 넘치고 사랑스러운
당신♡

www.candlysophie.com

넘치고 사랑스러운
당신♡

You're a flower!

매일 매일 행복하고
즐거울 거예요
기쁨 넘치고 사랑스러운
당신♡

www.candlysophie.com

매일
즐거울
기쁨 넘치고 사
당신♡

e a flower!

행복하고
거예요
사랑스러운
신♡

You're a flowe

매일매일 행복하고
즐거울 거예요
기쁨 넘치고 사랑스러
당신♡

www.candlysophie.com

You're a flower!

매일매일 행복하고
즐거울 거예요
기쁨 넘치고 사랑스러운
당신♡

매일 매일 행복
즐거울
기쁨 넘치고 사랑
당신♡

PART

3.

아날로그
감성이 가득한
손글씨 작품

Letters & Gifts

Sidney Toledano
President & CEO
Christian Dior Couture
Claude Martinez
President & CEO
Christian Dior Perfumes
오프닝 칵테일 리셉션에 초대합니다
'에스프리 디올 – 디올 정신' 서울 전시회
ESPRIT DIOR
2015년 6월 18일 목요일
오후 7시
동대문디자인플라자
알림 1관
서울시 중구 을지로 281
RSVP
rsvpkr@dior.com
02.6911.0851

정성스런 마음을 담은 손글씨 카드와 기프트

직접 잉크를 흘려 한 고객, 한 고객을 위해 정성을 담아 적은 고객카드와 인비테이션을 활용하는 브랜드들이 늘고 있다. 기계로 프린트된 글씨가 줄 수 없는 '나만을 위한 느낌'과 '아날로그 감성'이 가득 담겨 있기 때문일 것이다. 작은 카드에 정갈하게 적힌 이름 하나가 큰 감동으로 다가올 수 있다는 것을 잘 알기에, '사랑하는 사람에게 편지를 적듯'이란 마음가짐으로 모든 의뢰 작업을 진행하고 있다.

캘리그라피 초대장

- Dior Seoul

그게 사랑이잖아요
나로 인해서
상대가 빛나보이는 것
상대가 돋보이는 것

캘리그라피 워크숍 & 보틀

- ESCADA/BringYourCup

ESCADA
Calligraphy Workshop
@ESCADA KOREA, 2015

캘리그라피 VIP 카드

- EBAY-Gmarket

ver!

외면은 날씬하게
내면은 후덕하게!

www.gmarket.co.kr

소중한 추억의 손편지 액자

인화된 사진, 옛 일기장처럼 두고두고 보고픈 소중한 추억의 조각 '손편지'. 오래 간직하고 싶은 이 편지에 시간이 지나도 변하지 않는 드라이플라워를 곁들이면 주는 이도 받는 이도 더 행복한 선물이 될 수 있다. 꽃과 글이 담긴, 센스와 정성 가득한 선물을 전하고 싶을 때 '캘리그라피 액자'를 직접 제작해보자. 상대의 마음을 오래도록 곱씹을 수 있을 뿐 아니라, 집 안에 따스함을 불어 넣는 인테리어 소품으로도 활용할 수 있으니 일석이조! 여기에 실린 작품들은 렛츠롸잇 분들과 함께 소중한 사람을 위해, 자신을 위해 제작한 작업물들이다.

사랑하는 엄마 아빠
낳아주시고 길러 주신 은혜와
먼 곳에서 항상 걱정과 사랑을
섬겨주시는 은혜에 감사합니다
사랑합니다

딸 사위드림

You're a flower!

귀여운 '한 문장 편지' 쓰기

한 줄 명언, 긍정의 한마디 등 하루 한 문장으로 그날의 감정과 마음을 다스리기 위한 책들이 최근 서점에 가득한 것을 볼 수 있다. 이런 기억에 남는 한 문장을 손글씨로 정성스럽게 적어 지인에게 보내보는 것은 어떨까?

작년 이맘때쯤 해외로 떠나게 된 친한 친구가 귀엽게도 응원의 문구가 담긴 '한 문장 편지'를 작은 유리병에 담아 선물해준 적이 있었다. 초등학생 때나 중학생 때 한 번쯤은 주고받아봤을 알약 편지처럼 말이다. 그렇게 어릴 적 추억을 떠올리며 하루 하나씩 한 문장 편지를 꺼내 읽는 재미가 쏠쏠했다. 그때의 즐거움과 기분 좋음을 기억하며 내가 좋아하는 문장들을 가득 담은 편지를 완성해보았다.

받는 사람을 생각하며 직접 고르고 적어나간 이 편지들은 시중에 프린트돼 나와 있는 어떤 문구들보다도 더 큰 감동과 긍정의 에너지를 전해줄 것이다.

아날로그 감성이 가득한 손글씨 작품

오늘도 당신을 멀자. 자라고 있

인생은 아이스크림 같으니, 그

인생

괜찮아ー 이 또한 지나갈테

'두렵지 않아' 보단 '두려

그게 사랑이잖

살아오며 만났던 인생의 멋지고 아름다운 순간들,
깨달음 그리고 추억들.
금방 잊혀질까 손으로 꾹꾹 눌러 쓰다 보니 알게 되었다.
인생이란 타인이 내게 준 의미가 아니라
내가 만든 나의 의미로 흔적을 남기는 것임을.

인생이란
타인이 내게 준
의미가 아니라
내가 만든 나의 의미로
행복을 만드는 것

EPILOGUE

으아아아아아 정말 너무 좋다, 하며 한참이고 마음을 흔드는 글을 만나면 눈으로만, 마음속으로만 읊조리고 스쳐 지나가는 것이 어찌나 아쉽던지. 그 글을 읽는 순간 더 많은 사람들이 나처럼 이런 감동을 느꼈으면 하는 생각에 도무지 그냥 넘어갈 수가 없었다. 말만으로, 메신저 한 번으로는 아쉬움이 쉽사리 가시지 않았다. 결국, 기어이 받을 이를 생각하며 펜과 메모지를 고르고, 종이에 펜으로 꾹꾹 눌러 적어 보내곤 했다. 이처럼 손글씨는 언제나 내게 최고의 소통 도구이자 선물이었다.

이 《쓰는 재미》를 통해 나와 함께 동시대를 살아가고 있는 모든 친구와 동생, 언니와 오빠들에게 전하고 싶었던 글들, 혼자 되뇌고 넘어가기엔 아쉬웠던 글들을 모으고 정성스레 적어 나누게 되어 너무나 기분이 좋다. 마음의 울림을 잔뜩 선사하는 글을 만나게 해주신, 그리고 이 글들을 손글씨로 옮겨 적을 수 있도록 흔쾌히 허락해주신 《기획의 정석》 박신영 저자님, 감성연구소 작가님에게 감사를 드린다.

LET'S WRITE
Calligraphy Workshop
@CandlySophie Studio, 2015

초판 1쇄 펴낸 날 | 2015년 9월 4일
초판 2쇄 펴낸 날 | 2015년 10월 30일

지은이 | 김소현
펴낸이 | 홍정우
펴낸곳 | 브레인스토어

책임편집 | 신미순
편집진행 | 김순영
디자인 | 나선유, 김준민
마케팅 | 한대혁, 정다운

주소 | (121-894) 서울특별시 마포구 양화로 7안길 31(서교동, 1층)
전화 | (02)3275-2915~7
팩스 | (02)3275-2918
이메일 | brainstore@chol.com
페이스북 | http://www.facebook.com/brainstorebooks

등록 | 2007년 11월 30일(제313-2007-000238호)

ISBN 978-89-94194-70-7 (03810)

이 도서의 국립중앙도서관 출판시도서목록(CIP)은 서지정보유통지원시스템 홈페이지(http://seoji.nl.go.kr)와 국가자료공동목록시스템(http://www.nl.go.kr/kolisnet)에서 이용하실 수 있습니다.(CIP제어번호: CIP2015021688)